小学生成长必读系列

让小学生理解父母的
100个故事

总 主 编：滕　刚

本册主编：彭　怡

九 州 出 版 社　全国百佳图书出版单位
JIUZHOUPRESS

图书在版编目（CIP）数据

让小学生理解父母的 100 个故事/滕刚主编.—北京：九州出版社，2007.12（2021.7 重印）

（"读·品·悟"小学生成长必读系列/滕刚主编）

ISBN 978-7-80195-752-8

Ⅰ.让...　Ⅱ.滕...　Ⅲ.儿童文学—故事—作品集—世界　Ⅳ.I18

中国版本图书馆 CIP 数据核字（2007）第 178226 号

让小学生理解父母的 100 个故事

作　　者	彭　怡　本册主编
出版发行	九州出版社
地　　址	北京市西城区阜外大街甲 35 号（100037）
发行电话	(010)68992190/3/5/6
网　　址	www.jiuzhoupress.com
电子信箱	jiuzhou@jiuzhoupress.com
印　　刷	北京一鑫印务有限责任公司
开　　本	710 毫米 × 1000 毫米　16 开
印　　张	10
字　　数	160 千字
版　　次	2008 年 1 月第 1 版
印　　次	2021 年 7 月第 9 次印刷
书　　号	ISBN 978-7-80195-752-8
定　　价	29.80 元

目 录

第一辑 有一种爱需要理解

母亲对我们的爱，更多的是通过一份你觉得很一般但她却精心准备的早餐，一件你并不喜欢但她却千挑万选的衣服，一句你觉得实在罗唆但她却不得不说的提醒来表达的。一位寡言少语的父亲，可能一辈子也不会说一个爱字。他的爱的语言，也许就是站在院子门口，看着你背着旅行包渐渐远去，也许是把你用过的牙刷小心地放在柜子里等你回来……

父母有独特的爱的方式，只有时间才能理解这种爱有多伟大。

第二辑 因为您，我无法沉沦

父亲不仅仅是宽容的父亲，母亲不仅仅是慈祥的母亲，他们是山——一座能为子女遮风挡雨、顶天立地的大山，于无言中坚定、执著地守望着我们。他们的言

让小学生理解父母的 100 个故事·目录

行举止无形之中赋予我们榜样的力量。

父母教给我们的远远超出了知识和能力的范畴，他们良好的品德在我们幼小的心灵中播下的种子，对我们的成长起着潜移默化的作用。

第三辑　儿女是父母最自豪的别墅

能够维护生命之最古老、最原始、最伟大、最美妙的力量莫过于父母对我们的爱。父母的爱，是一种对儿女天生的爱、自然的爱。父母是花瓣，孩子是花蕊，在花还没有完全绽放时，花瓣总是紧抱着花蕊。

孩子是父母最珍贵的宝贝，不管你是怎样的卑微和落魄，父母永远是你可以停泊栖息的港湾。他们悉心的关爱和呵护，把你送上风雨无阻的人生之船。

让小学生理解父母的100个故事·目录

第四辑　他曾打折我青春的翅膀

目　录

我们年幼，我们执拗，因此云追寻与实现的过程中,我们的想法难免会和父母的想法有冲突。当看到最亲近的人不能互相理解认同的时候，当感觉由爱变成束缚的时候,矛盾带给彼此的伤害显而易见,同时也要艰难地去面对、去解决。

其实所有的伤害都来自于偏执、苛求、贬抑、漠视等内心的不满，而不满的形成往往只是因为无法释怀而开放地理解父母。

第五辑　有爱不觉天涯远

父母对孩子的爱如生命长河里的泥沙，在不断地被冲刷中，渐渐沉淀,直至融入生命的最底层。在生命的记忆里,父母之爱是最温馨、最值得回味的部分,让人难以忘怀。

虽然天各一方，然而,爱的海洋汇集的是爱的心。这种爱包含着思念的苦涩,又包含着牵挂的甜蜜。

让小学生理解父母的100个故事·目录

第六辑　爱到燃情还不够

　　父母是孩子永远的拐杖，支撑着孩子的人生。孩子成长的代价是父母青春的消耗、健康的牺牲，甚至是生命的付出。这种爱是何等的轰轰烈烈！

　　母亲先前红润的脸上画出了岁月的痕迹，先前飘逸的长发留下了些许银丝；父亲先前强健的身躯已有些矮小，先前有神的眼睛有了些许干枯。他们那布满老茧的树皮般的双手，捧着对我们绵绵不尽的爱！

第七辑　爱的第 100 种语言

　　那个为你的幸福可以忘我的人，那个为你的快乐可以奔忙一生的人，那个看见你狼吞虎咽而舍不得吃一口的人是爸爸；那个因你远行而焦急盼归的人，那个因你生病、痛苦而心碎流泪的人，那个永远向你敞开温暖怀抱的人，那个至死不渝地爱着你的人是妈妈！

　　因为爱有第 100 种语言，所以父母的爱有千万种表达方式——这需要我们用心去解读。

目　录

让小学生理解父母的100个故事·目录

朴实的语言，细微的动作，平淡无奇的场面，却凝聚了父母深深的爱。雪落无痕，真爱无声。他们失去了脸颊上的润泽，换来了我们人生的光彩。

有一种爱需要理解

让 小 学 生 理 解 父 母 的 100 个 故 事

　　母亲对我们的爱，更多的是通过一份你觉得很一般但她却精心准备的早餐，一件你并不喜欢但她却千挑万选的衣服，一句你觉得实在啰唆但她却不得不说的提醒来表达的。一位寡言少语的父亲，可能一辈子也不会说一个爱字。他的爱的语言，也许就是站在院子门口，看着你背着旅行包渐渐远去，也许是把你用过的牙刷小心地放在柜子里等你回来……

　　父母有独特的爱的方式，只有时间才能理解这种爱有多伟大。

原谅我 17 岁才读懂你

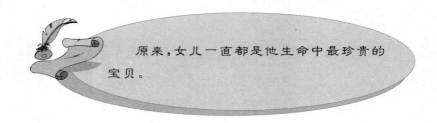

原来，女儿一直都是他生命中最珍贵的宝贝。

　　9 岁的时候，妈妈离开了我和爸爸去追求她自己的幸福，我一点儿都不恨她，真的。我和妈妈一样，从来都没喜欢过这个天天出现在我的视线里、让我叫他爸爸的男人。

　　妈妈原先是准备带我一块儿走的，但据说爸爸当时说什么也不肯，最后拿出了"跟着他留在广州有利于我读书"的"杀手锏"，从妈妈手里赢得了我。我有些恨自己干吗非得读书，在我年幼无知的眼里，跟着温柔体贴的妈妈一定比跟着这个苍老木讷的父亲强。

　　父亲还能为我做些什么？父亲是广州城一个最不起眼的电机厂里的一个普通得不能再普通的工人，干了十几年仍是每天拖着一身油污回家。小的时候我常想，妈妈一定是闻不惯那些油污味才离开我们的。

　　他生性沉默寡言，在他的面前我似乎也变得安静了许多，其实我骨子里继承了妈妈活泼好动的外向性格，在学校里可活跃着呢。特别是上了中学以后，我在学生会身兼数职，多多少少也算得上是学校里的风云人物，可这一切似乎都与这个天天出现在我身旁的人无关。

　　中学的第一学年结束时，我以名列前茅的优异成绩及在学生会的出色表现赢得了学校的嘉奖，怀揣着几张鲜红的奖状，我满心欢喜地哼着歌往家赶，希望有人也能分享我成功的喜悦。

父亲给我的家是小巷深处一间仅有 12 平方米的小屋，他的工厂近两三年来不景气，他几乎处于半下岗的状态，时常都待在家里。

　　远远的，还没踏进家门，我就看见他像往常一样定格似的坐在那张破旧的小木床上，神情永远都是那样的呆滞、沮丧……刹那间，我的心中涌起一种莫名的悲哀，并迅速地蔓延开来，一点一点地吞噬掉那前几秒钟还溢满心怀的无限欢愉……我发狠地将奖状塞进书包深处，咬着嘴唇一言不发地迈进家门。父亲并未看出异样，又像往常一样忙端出早已准备好的饭菜，招呼我吃饭。

　　父亲的厨艺并不好，而且每天都是一成不变的一荤一素。当他将饭碗递到我面前时，我突然间非常讨厌这个对我表示关切的举动，"啪"的一下将碗打翻在地，然后对着他咆哮起来："你除了每天让我吃这样难吃的饭菜，还能给我什么？"父亲呆住了。那晚我一直赌气地躺在自己的床上，听见他将饭菜拿到厨房里热了一遍又一遍，也许他真是从没想过除了每天为女儿准备一餐饭，他还能为女儿做些什么？

　　我恨他连一个拥抱也不曾给我。这年冬天，广州出奇的冷。一天夜里，我突然醒来，发现自己浑身烧得滚烫，喉咙干涩得几乎发不出声来。我跌跌撞撞地爬起来吃药，打翻了水杯，也惊醒了原本在外间鼾声如雷的父亲。

　　他奔进来看见烧得满面通红的我，即刻明白我病得不轻，连忙催促我穿衣去医院。我家附近就有一家大医院，步行只需十来分钟，可我拖着软绵绵的身子走在一阵猛过一阵的寒风中，每一步都是那样的艰难。我多想让在身旁的父亲伸开他有力的臂膀，搂着我前行啊！可父亲总是木讷的，他除了将身上的大衣脱下来给我披上，就不会做出任何可以让我感受温暖的亲昵举动了！

　　我在医院吊了一夜的针，父亲也守了我一夜，还冻得眼泪鼻涕直流。我很感激他这样对我，却不愿说出来，因为我还怨他在我最需要的时候，欠了我一个永远也无法弥补的拥抱！接下来的日子，我和父亲仿佛就像两个毫不相干的人，除了每天在一起吃一顿晚饭，彼此都回避着，不再过问对方的生活。我有意识地减少待在家里的时间，就连寒暑假也借口学校补课外出。

　　这天，一个要好的同学过生日，我在同学家里玩着便忘了时间，直到晚上11点多才记起回家。通往我家的那条巷子很长很黑，我从未这么晚单独走过，想着下水道里时常会蹿出的大老鼠，我就害怕得发抖。

　　我战战兢兢地壮着胆踏进那条巷子，可奇怪的是越往里走，就越感到眼前亮堂起来。走到离家约200米的地方，我赫然看到一道耀眼的光束从前方直射过来，"难道是巷子里新装了路灯？"我寻思着快步向前走去……50米、30米、10米……天哪，那个耀眼的光源居然就在我家门口，是他——父亲将屋里的灯泡拉出来，用右手高高地举着为我照亮……

　　金黄而耀眼的光束阳光般地洒在他的身上，照得他那张皱纹密布的脸满是慈爱与安详，我第一次感到矮小瘦弱的父亲是那样高大与强壮，他举着的哪里只是一个小小的灯泡哟，那分明是"父爱"这两个金灿灿的大字啊！我感动得心头有些发酸，父亲却待我进门后不声不响地将灯拉进屋，一句淡淡的"早些睡吧"，就让我将那已到嘴边的千言万语又给咽了下去。我的感激霎时又变成了怨恨，我多恨他连一个让我对他的爱说声"谢谢"的机会都不留下啊！

　　高中我考上了一所重点中学，班里强手如云，在学业上我不比他们差，只是提到自己的父母及家庭，我就自卑极了。我总认为父亲这个半下岗的修理工，在社会上没有一点儿让人看得起的地方。父亲却开始没日没夜地摆弄起一些自行车零件来。我也不问他想干什么，只是每当回到家里，看见满屋子散落在地上的零件和工具，就常常不屑一顾地将它们踢得七零八落。父亲倒也不介意，笑着重新摆放好。半年后的一天，我突然吃惊地发现父亲居然拼装成了一部全手工的自行车，虽然样式老土过时，但仍看得出有一些独特与精致。父亲第一次略带自豪地在我面前唠叨起来："这叫无链自行车，我自己发明的，我还委托厂里申报了专利呢……"

　　我瞪大了眼睛，像打量一个怪物一样盯着父亲，"这样的破玩意儿也能申请专利？"父亲脸上的光亮陡然黯淡下来，嘴角艰难地蠕动了几下，就再也没有出声了。几个月后的一天，我放学回家，意外地发现父亲那辆宝贝自行车支离破碎地散落在地上，父亲抱着一个酒瓶烂醉般地呆坐在旁边……

父亲从来不喝酒的,这是怎么了?我本能地去扶他,却被他一反常态地推开了,借着酒性,父亲说出了几年来一直埋藏在心底的话,"……小娜,我知道你一直怨恨我、瞧不起我……我就一直寻思着做出点儿什么事给你看看……倒腾了几年终于弄成了那辆自行车……我知道你看不起它,可它的确申请到了专利,并有一个厂家答应出十几万元买断这个产品……我本准备用这笔钱供你上大学,证明自己是个有用的父亲……可没想到人家突然嫌样式老套而反悔了……"

我再也听不下去了,流着泪将父亲扶到床上躺下。父亲的床我很久都没有接近过了,枕边有一个硬硬的笔记本,我好奇地打开一看,里面竟平平整整地夹着一张张我从小到大获得的各种奖状!

我不知道这些奖状父亲是什么时候偷偷地从我抽屉里翻出来,珍藏在他枕边的。一些年代久远的都已发黄了,但每一张都平整得连一条细微的折纹也没有……我想象不出有多少个不眠之夜,父亲就这样坐在床头爱惜地抚弄着这些他生命里最引以为荣的珍宝。

原来,女儿一直都是他生命中最珍贵的宝贝。爸爸,请原谅我17岁时才读懂你。

理解悟语

　　一位木讷的父亲,不善于把父爱言表,只是默默地爱着女儿,为女儿奉献着一切。虽换来女儿的冷淡与不理解,但父亲依然暗地里努力着去改变自己。其实一直以来,父亲以行动给予的爱,已经更胜于用言语所表达的。

第一辑　有一种爱需要理解

父 母 心

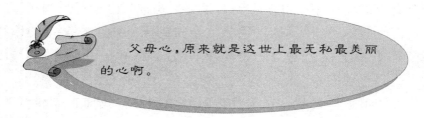

父母心，原来就是这世上最无私最美丽的心啊。

我一直以为，那些成为什么家的以天才居多，特别是歌唱家，嗓子就是本钱啊，没有乐感，一辈子也成不了歌唱家。那些舞蹈家，天生一副好身材吧，所以，才会吃上那碗饭。

但那天看黄豆豆，那个跳《秦俑情》的舞蹈家，那个看上去有点儿腼腆有点儿秀气甚至有点儿女孩子气的舞蹈家，忽然觉得好多事情，并不是我想象的那样。

去上海考舞蹈学校时，黄豆豆的身体条件是最次的。那时，对报考学校的孩子要求严格，特别是身材的比例，否则，根本没有培养的价值。他说，他第一次因为腿不够长胳膊不够长都没有被录取。

热爱了一辈子舞蹈的父母急了，为他买了一副吊环，因为听人说，练吊环的运动员胳膊腿都比正常人要长。

三个月后，奇迹出现了，黄豆豆的腿长长了三厘米！那是救命的三厘米啊，他终于考上了上海舞蹈学校。

但这仅仅是一个开始，因为学校对考上的孩子有一年的考察期，如果一年之内身材发展方向不好还要被退回去。并且，学校还要看孩子父母的身高和身材比例，不可置疑，父母对孩子的遗传因素起着很大的作用。

而黄豆豆的父亲,却只有1.63米!

所以,他父亲怕老师看到他,他怕让同学们和老师知道黄豆豆的父亲只有1.63米,怕预言黄豆豆也长不高。12岁的黄豆豆却是一个懂事的孩子,为了让自己长高,在周六周日别的孩子回家后,他把自己的腿竖起来与头捆在一起,所做的一切,全是为腿的拉长!

父亲思念儿子心切,每次见面仿佛都是地下党,偷偷把黄豆豆叫出来在校外见个面,偶尔不得不去学校,黄豆豆父亲的身份却是舅舅!他让儿子叫他舅舅!

看到这里,我的眼泪落了下来,因为,父亲是怕学校看到自己矮而把儿子退回去!而他的母亲看着儿子的背影说:"如果我们身材好些,如果我们长得高些,我们的豆豆会少吃多少苦啊,我们多对不起儿子啊。"

一个母亲,因为儿子的身材不是很适合搞舞蹈就埋怨起自己的身材来,这是怎样的一种大爱啊。

努力的黄豆豆并没有让他父母失望,两年后,他成了上海舞蹈学校最出色的学生。几年后,他的《醉鼓》上了中央电视台春节联欢晚会并一炮而红。再几年,他成了上海一家舞蹈学院的艺术总监。

他常常说:"是父母让我坚持了下来,是他们的爱告诉我,因为我没有那么好的条件,所以,要付出更多的努力。"

他做到了,而那些比他身材好上10倍的人却有好多人早已在舞台上消失了。

很多事情就是这样,看着是天才的人往往最后和成功失之交臂,而看着根本不适合做这一行的人,却往往成了这一行最出色的人。

因为这类人往往更努力,他知道自己只有努力才能掩盖那些缺陷。

而爱,往往是很大的动力,在当黄豆豆"舅舅"的那两年里,谁能理解他的父亲所付出的那些辛酸呢。

父母心,原来就是这世上最无私最美丽的心啊。

(雪小禅)

为了孩子,父母宁愿委屈自己;为了孩子,父母可以放弃所有。在艰难面前,是父母不断地给予孩子关怀与鼓励,在一旁为他们增加前进的动力。我们学习的机会甚至是父母竭力争取来的,我们应懂得珍惜;面对父母的期待,我们更不应向命运低头。

生命不仅属于自己

这话说得我的心头一沉,我才知母亲所做的一切是为了孩子,她把生命的意义看得这样的直接和明了。

母亲已经去世十几年了。怪得很,我还是在梦中常常见到她,而且是那样清晰。一个人与一个人的生命就是这样系在一起,并不因为生命的结束而终止。

记得那一年母亲终于大病初愈了,那时,我刚刚大学毕业。一直躺在病床上的母亲消瘦了许多,体力明显不支,但总算可以不再吃药了,我和母亲都舒了一口气。记不得是从哪一天的清早开始,我忽然被外屋的动静弄醒,有些害怕,因为母亲以前得的是幻听式精神分裂症,常常是在半夜和清晨时突然醒来跳下床,我真是怕她旧病复发。我悄悄地爬起来往外看,只见母亲穿好了衣服,站在地上甩胳膊伸腿弯腰的,有规律地反复地动作着,显然是她自己编出来的早操。我的心里一下子静了下来,母亲知道练身体了,这是好事,再老的人对生命也有着本能的向往。

　　大概母亲后来发现了每早的锻炼吵醒了我的懒觉，便到外面的院子里去练她自己杜撰的那一套早操，她的胳膊腿比以前有劲儿多了，饭量也好多了。正是冬天，清晨的天气很冷，我对母亲说："妈，您就在屋子里练吧，不碍事的，我睡觉沉。"母亲却说："外面的空气好。"

　　也许到这时我也没能明白母亲坚持每早的锻炼为了什么。后来有一次我开玩笑说她："妈，你可真行，这么冷，天天都能坚持！"她说："咳，练练吧，我身子骨硬朗点儿，省得以后给你们添累赘。"这话说得我的心头一沉，我才知母亲所做的一切都是为了孩子，她把生命的意义看得这样的直接和明了。在以后的很多日子里，我常常想起母亲的这话和她每天清早锻炼身体的情景，便常让我感动不已。一直到母亲去世的那一天，她都没给孩子添一点儿累赘。母亲是无疾而终，临终的那一天，她都将自己的衣服包括袜子和手绢洗得干干净净，整齐地叠放在柜门里。

　　也许，只有母亲才会这样对待生命。她将生命不仅仅看成是自己的，而是关系着每一个孩子，将她的爱通过生命的方式传递。其实，我们每一个人的生命都是这样的，都不仅仅属于自己，都会天然地联系着他人，尤其是自己的亲人。只是有时我们不那么想或想得不周，总以为生命是属于自己，自己痛苦就痛苦罢了，而不那么善待甚至珍惜，不知道这样是会连及亲人的，他们现在会为我们日夜担心，日后会为我们辛苦操劳。这样的例子不止一人，我的弟弟就是其一。他饮酒成性，喝得胃出血，一边吃药一边照样攥着酒瓶子不放。大家常常劝他，他却死猪不怕开水烫。不止一个人说他："你得注意点儿身体，要不会喝出病来的，弄不好连命都得搭进去。"他却说一句："无所谓。"照样以酒为乐，以酒为荣，根本没考虑到他的妻子他的孩子包括我在内会也是那样无所谓吗？他连起码想想如果有一天真是喝出病来不可收拾的时候会给亲人带来多少痛苦都没有。

　　每次看到他这样子，我便想起母亲，我也曾将母亲当时锻炼的情景告诉给他，但他似乎无动于衷。想想，他没有亲身感受到那情景，母亲每天清晨锻炼身体而想着包括我和他在内的孩子的当时，他喝酒喝得正痛快淋漓着呢。或许,这就是孩子和母亲的区别:只有孩子才始终是母亲的连心肉,孩子脱离母体之后总以为是飞跑了的蒲公英可以随处飘落而找不到了根系。

我们常说一个人和一个人感情是可以相通的,其实,一个人和一个人的生命更是可以相连的。

(肖复兴)

理解悟语

人活着不应该只为自己,更要为身边至亲的人。令父母牵肠挂肚的是孩子。如果不顾他们的感受,任意妄为而伤害到自己,那扯痛的是父母的心,那是多么自私的行为。父母为儿女而保重自己,我们更要为他们而珍惜生命。

父 爱 无 情

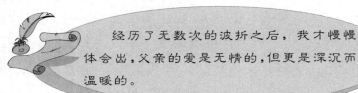

经历了无数次的波折之后,我才慢慢体会出,父亲的爱是无情的,但更是深沉而温暖的。

父亲沉默寡言,很少与儿女们交流。在我的成长记忆里,最为深刻的印象便是父亲的无情。

第一次让我体会到父亲的无情,是在我8岁的时候。

我的家乡地处长江上游,沟河交错,水多桥多。我生性胆小,很多与我一般大的小孩早已在水中劈波斩浪,而我只能在码头前紧抓石桩乱扑腾。

一天，坐在树阴下的父亲也下了河，他向别人借来一个摸河蚌的澡桶，让我抓着，然后让我用手划水，用两脚上下蹬水。不知不觉中，我被父亲慢慢地带离码头。突然，觉得澡桶被他猛地用力一抽，然后从我的手中滑落。我惊叫起来，只听父亲大声说："不要叫喊，用力划！"我吓呆了，手脚并用乱舞一通，试图抓住一根救命稻草。我呛了几口水后，头露出水面，慌乱中，见父亲已在离我一米远的地方，慢慢将澡桶往岸边移。父亲不停地放开嗓子喊："快，抓住澡桶！"可是，就在我好不容易接近澡桶时，澡桶又被移走了。

这一天，我学会了游泳。

初中毕业后，我考取了县重点高中。临到学校报到的前一天晚上，我终于鼓足勇气走到父亲面前说："爹，我明天早上就走了，怎么……走……啊？"

父亲敲敲烟锅，说："自己走呗，田里的稻谷要收，不要你帮家里干活，十几岁的人进城去读书，还要搀要扶啊？"母亲赶紧打圆场，说："孩子问你一下嘛。你也说得轻巧，他天不亮就要上路，又没出过远门，进城的路到哪儿去找？"父亲很不以为然地说："有嘴就有路，我就不信他摸不到学校的门，他不是还比我们多认几个字吗？"母亲还想争几句，父亲对我说："你明天得早起，睡觉去！"看着他无动于衷的样子，我的心中原本对未来的担忧、对新环境的向往和头一次离家的不安，统统被激愤的情绪冲得七零八落，以致半夜无眠。

大学毕业后，我进了城里的工厂搞技术，而立之年时，厂子倒了，我没了工作，整日里无所事事。在农村搞养殖致了富的弟妹们一合计，对我说："我们把小孩送到城里上学，你有文化，负责接送和辅导，我们给钱。"我知道，他们这是想接济我，心里自然十分感激。父亲知道后，却暴跳如雷："这是什么话，你们把孩子送进城念书是好事，我支持，但你们必须自己带自己的孩子！"弟妹们不理解，母亲不理解，我更是恼火地说："我下岗了，难道连带几个孩子的本事也没有吗？"

母亲多次与父亲商量，央求得眼泪都出来了，他也不同意，最后，他说："你们这是在害老大呀！给你们带孩子，你们给他一口饭吃，可他是一个大学生,一个大男人,一辈子就这么着?谁管他一世,谁就把孩子送去!"骂得没人再敢开口,都说父亲越来越顽固,不通人情。

我努力自学法律,两年后,以优异的成绩通过了公务员考试,进了法院,全家人才明白了父亲的苦心。

经历了无数次的波折之后,我才慢慢体会出,父亲的爱是无情的,但更是深沉而温暖的。

（冰　子）

理解悟语

父爱看似无情,它往往让儿女在尝尽辛酸和苦楚之后,才倍感珍贵和伟大。为人子女的多不明白,为何父亲总故意在他们面前砌一道围墙阻挡他们前进。其实父亲为孩子制造的挫折,是为孩子日后能够独立地走更长的路。

不是所有的母亲都无须回报

哪怕只是一句问候,在母亲的眼中,我们给予她的已经够多。

亲爱的孩子,今天你来跟我告别,说为了给男友庆祝生日,你要提前赶回学校去,给他挑选合适的礼物。我只不过是回了一句,你从来不记得给妈妈买生日礼物呢,你便生了气,说:"为什么别人的妈妈,都从来没主动向孩子索取过礼物呢?他们疼自己的孩子还来不及呢,哪像你一样,时时地抱怨? 况且,爱情怎能拿来与亲情相比呢?"

孩子,你或许现在还无法明白,一个母亲,如果不是心里真的有委屈在,是不会抱怨给自己的孩子听的。她宁肯独自一人默默承受,也不愿给孩子的笑容里,添上她自己品尝过的忧愁。或许妈妈真的像你说的那样,不如别人那么高尚无私。上天给了我"母亲"的称号,并不是要求我无时无刻的都要勇敢、坚强、伟大、奉献、无怨无悔。它还给了我每一个女人都有的脆弱、敏感、虚荣,甚至自私。所以你也无权要求妈妈无限制地为你付出,却没有享受过你应该给予的回报。

每一个假期,你都是匆忙地来去,爱情,几乎成了你生活的全部内容,你对男友说过的每一句话,都要拿出来咀嚼几次,然后无端地自寻烦恼。你这样的敏感,却怎么忘了,你无意中说出的话,也同样让我心烦意乱? 你可以逃课去看男友,陪他逛街、聊天、轧马路,你却从没有想过,短而又短的假期,你的母亲,同样需要你的陪伴。你除了上网、与男友煲电话粥、走亲访友,又真三有多少时间,是分给母亲的? 你订了幽默短信,逗男友开心,但你却从没有想过,给时刻想念着你的母亲,也发送一条,让她在无尽的担忧里,能够稍稍的得到宽慰。

其实你小时候,就已是个自私的孩子。你让母亲早起为你做饭,饭菜不合口味便拒绝去吃;放学后常常不说一声,便与别的同学跑去玩到天昏地暗,让妈妈在黑暗里大街小巷地哭喊着找你。你考试之前从来都是没心没肺地丢给我一句,说:"这次怕是考不好,不要对我抱太大希望。"可是孩子,你一味地要求母亲对你负责,那么,考出优秀的成绩,是不是你应该给予我的回报? 你告诉男友,爱情需要彼此付出,那么,一辈子都无法割舍的亲情,难道不同样需要我们用心的呵护?

并不是妈妈嫉妒你对男友的痴狂和迷恋,毕竟,爱情亦是一种情感的体验和滋养。妈妈只是希望你能在对爱情的回报里,想起母亲曾经为你付出的 22 年的汗水和辛劳,想起你肯拿一生来回报男友给你的一年的爱情,那么,是否应该拿一年的关爱,给予永不会停止爱你的母亲? 这样的索取,比起妈妈的付出,比例严重失衡,但我仍然知足,即便你在我的生日,什么也不买,只是打个电话,让我听到你的祝福,即便你在假期游山玩水,却记得途中给母亲报声平安,让我不至于担心而半夜失眠；即便你对待学习漫不经心，但在讨要补考费的时候，知道对母亲说声抱歉。

这样的回报，我想许多的母亲，都会需要。而敏感的我，只不过比她们记得清晰。我知道让一个孩子，记住母亲的每一点好，且知道一一的回报，是太过于苛刻。只有当你自己也有了孩子，且要为他一次次的冷漠和无礼，而流下与汗水一样多的眼泪时，你才会真正明白，母亲所要求的回报，其实是多么的微不足道。而你，却为这样卑微的索取，而觉得自己的母亲，没有书中所写的那样无私和伟大；那么，亲爱的孩子，真正自私的那个人，又究竟是谁？

（吉　安）

理解悟语

亲情应该是双向的，而不是只有单方的付出。所有母亲在为子女付出的同时，都希望孩子眼里有她，都渴求子女在精神上给予回报。她需要的只是那么一点儿心灵慰藉，我们不能认为那是自私的索取。哪怕只是一句问候，在母亲的眼中，我们给予她的已经足够了。

亲　恩　浩　荡

亲情，就是如此地肯为对方做隐瞒，那是善意的欺骗，各自为亲人承受了心灵不胜承受之重。

一名记者要到一个边远地区的一所中学采访，他采访的对象是那所中学的一名普通教师——身患绝症还依然坚守岗位。

采访是在一个有些昏暗的小办公室里进行的。坐在记者对面的是一位面容清瘦的中年男教师，温和的目光里盛满了紧张，脸上挂着淡淡的勉强的笑。记者的到来显然引起了男教师的不安，但是很快，他又恢复了平静。一脸的镇静，振奋的精神，让记者有些诧异——这位坐在自己面前的男子究竟是不是他要采访的那位身患绝症的老师？

采访开始了，记者首先证实了面前坐着的正是他要采访的人，又了解了他的一些基本情况，然后，记者问及他不忍离开岗位去治病的原因。听到这个问题后，那位教师显得有些不安，思考了一会儿，他才开口。他说自己不去治病的原因，一是因为钱，家里太困难了，全家就靠他一人微薄的工资支撑，哪还有什么看病的钱呢！而更重要的原因是，他的女儿也在这所学校读书，读高三，马上就要高考了，而且成绩一直名列前茅，很有希望考上一所好大学，他不想让她现在知道他的病情，怕影响了孩子一生的幸福。他又说，现在全校师生都知道了他的病情，唯独他的女儿不知道——大家都帮助他善意地隐瞒着。听到这里，记者有些激动，他忽然产生了采访男教师的女儿的想法。

自从有了这个想法后，他内心一直很矛盾。如果不问及她对父亲病情的感受，那期节目将是一期不完整的节目，他自己也觉得会有许多的遗憾，这一直都不是他的做事风格；如果向她问了那个不能问的问题，他将亲手破坏一位伟大父亲的美丽梦想，这样做，他自己会更痛苦。

思考再三，他决定远远地看一看那位令他心生怜爱的女孩儿。站在学校的后操场上，他远远看见了她，一身运动服，齐耳的短发，一脸的稚嫩与阳光，脸上洋溢着青春的微笑，正生龙活虎地打篮球。后来，记者"采访"后偷偷地走了，带着感动和遗憾走了。

一年后，那位教师病故了，而他的女儿也考上了一所知名大学。在她放假回家的时候，记者又找到她，对她进行了"回访"。

记者大胆地问起了那个盘桓在心中很久的问题："高三时，你父亲得了绝症，当时你知道吗？有何感想？"女孩儿镇静地答道："知道。"记者惊愕了，一脸的不解："那我在操场上见到你时，并没有看到你有半点儿的忧伤呀！"女孩儿有些激动，眼睛里溢满了泪水，低沉又从容地说："那样做，是为了让我父亲明白，他成功地隐瞒了我。"

（侯拥华）

理解悟语

　　为孩子，病重的父亲愿意接受死亡的到来；为父亲，女儿没有揭穿这个美丽的谎言，而是成全了父亲。是父亲给了女儿坚强生活与学习的动力，是女儿给了父亲默默面对死亡的勇气。亲情，就是如此地肯为对方做隐瞒，那是善意的欺骗，他们都为亲人默默承受着心灵不能承受之重。

林美凤，我曾经那样恨过你

> 　　本来我可以更早知道真相的，只是恨挡住了我看到真相的眼睛。山再高路再远，双脚总能丈量；而亲情，可能很近，却永远无法丈量。

一

　　从记事开始，奶奶和身边的人就告诉我：你妈林美凤不是个正经女人，两岁，就把你扔给你爸，一个人在外面野。什么是不正经女人，我问爸，他闷头抽烟，末了，说：晓静，别听别人乱说。我含混不清地撇嘴：不是别人，是我奶奶。

林美凤大多时候是我家柜子上面的一张黑白照片,清秀、温婉,烫着短发,穿着碎花衬衫。我看着镜子里的自己,很生林美凤的气。她真的很自私,自己长得那么漂亮,却把我生得丑八怪样。

我的眉眼还算得上清秀,只是上嘴唇裂成两瓣。村子里的人管我叫三瓣嘴。奶奶说:林美凤和我爸结婚后一直没孩子,到30岁才盼星星盼月亮般生下我。林美凤第一眼看到我就哭了,我天生兔唇,腭裂三度,唇裂三度。小村子里自命不凡的乡村教师林美凤自然不能接受我这样一个丑孩子,在生下我的第二年,就闹着出去打工,谁都拦不住。奶奶长长地叹了口气,说:你爸让妖精迷住心窍了,她说怎么就怎么。这一走就快10年了。

是的,我一开始看到别人家的孩子跟妈妈亲亲热热还会眼馋,心想她回来,再不理她。可是林美凤回来,生疏了一会儿后,我还是会穿上她买的花衣裳,戴上她买的红头绳出去显摆。邻居家的孩子看了我的新衣裳和红头绳,撇了撇嘴说:臭美什么呀,你妈是妖精,才生出你这个丑八怪来的。我冲上去,揪住那孩子的头发。邻居鼻子不是鼻子脸不是脸领着孩子来我家时,林美凤正给我洗我弄脏的新衣服。邻居指着自己的孩子说:你们家的三瓣嘴还真是厉害,不像兔子倒像老虎。林美凤沉了脸,说:三嫂子,你好歹也是个长辈,怎么能这么说孩子呢? 女人讪了脸,七三八四把我的不知好歹说了一通。

做晚饭时,我听林美凤在厨房里跟我爸说:晓静该管也得管,不能因为她容貌有缺陷,连心理也有缺陷了。

我不喜欢这个一年一度回来做客一样的女人。家里有我,有爸爸,有奶奶,就够了。

上初中后,过年她回来,给我买了很多漂亮衣服,我瞅都不瞅,不叫她妈,也不跟她说话。林美凤叹了口气,说:晓静长大了。然后也不再说话。

林美凤通常会在家待到初五,然后又拎着小包离开这个她叫做家的地方。走时,她会走到我跟前,紧紧地把我搂在怀里,每年如此,虚假得像是电视剧里的情节。我很厌恶,身体摆出拒绝的姿势,却不能把她推开,因为,她是我妈;因为,我爸不能没有她。

二

15 岁那年冬天,我还没放寒假,林美凤就回来了,脸瘦得一条条、灰秃秃的,黯淡无光,仍是那一身旧牛仔衣。给我买了桃粉色的羽绒服,她说:城里女孩最兴穿这个色了,说是一树桃花呢! 我脱下她帮我穿上的羽绒服,跟我爸说:快考试了,学校要举行家长会呢!

老爸瞅了瞅林美凤,问我:最近没惹什么事吧?

我是个学习好的学生,但不是个好学生。拔女生气门芯,跟男生打架的事常有。我爸每次去开完家长会,都气得脸色发紫,然后会到村头的小卖部里给林美凤打电话。我一想到电话那头的林美凤也和我爸一样生气,心里就有隐隐的快乐。

林美凤第一次参加我的家长会。我去办公室送考卷时,听老师们议论,没想到于晓静她妈长得那么漂亮,怎么会生出于晓静那样的女儿来呢?

回到家,我跟我爸喊:谁让她去开家长会了,她算我妈吗? 长这么大,她是管过我吃还是管过我穿?

天底下有这样当妈的吗? 村子里的人拿我当怪物,我爸是个老实人,一天到晚没有一句话,奶奶抱怨唠叨给我脸色看,那时你在哪呢? 我第一次来月经,吓死了,哭着一遍遍洗自己,以为自己要死了,那时你在哪呢?

兔唇让我的口齿变得很不清楚,我说的话没谁能听懂,所以,大多数时候,我跟我爸一样沉默。可是那天,我的话说得很流畅。我想林美凤每一句都听懂了。我看到她的脸色苍白,眼泪一双一对地往下落。

屋子里静悄悄的,只听得到我和林美凤的抽泣声。并不是每个母亲都伟大,并不是每个母亲都配称作是母亲的。

不知什么时候醒来,林美凤和爸屋里的灯还亮着。我爸说:别怪晓静,孩子也不容易。要不然你就回来吧!

林美凤的嗓子有些哑,她说:本来想今年再挣一年钱就回来不干了,钱也存得差不多了。可没想到郭金英连钱带货全卷跑了,这些年的辛苦白吃了倒没什么,可是晓静……

第二天,我没见到林美凤。

我爸脸色阴沉着,不说话。

那个没有林美凤的年过得很没味道。我爸做的菜放的酱油太多,一律浓墨重彩的。

三

春天来时,我第一次给林美凤打电话,是因为奶奶居然托人给我爸介绍对象了。我在电话里对林美凤说:你嫌我丑没关系,但如果你还想要这个家,还想跟爸过日子,那就赶紧回来! 说完,我"砰"的一声撂下电话,蹲在路边呜呜地哭。

林美凤没有回来,我爸也没有给我找后妈。我上了高中,开始把考大学离开家当成自己的人生目标。我丑,还好,我聪明,学习上的事难不倒我。

那个傍晚,我爸把我从教室里找出来,他说:你妈回来了,她想看你。我转身想进教室,被我爸一把抓住,她在医院里。

我的心颤了一下,回过头看着爸的眼睛,一字一顿地说:跟我有什么关系?

我爸点了一根烟,烟卷儿绕着他忧伤的一张脸。半晌,他说:晓静,你不该恨她的。为了你,她把能做的都做了。

为了我?

我第一次从我爸嘴里听到关于林美凤也关于我的事情。

我爸说:看到我的兔唇,林美凤死的心都有了。她不想盼星星盼月亮般生下的女儿有半点儿缺陷。她疯了一样抱我去各大医院看病,医生说整形可以治好唇裂,但要五六千块钱。

五六千块钱对于种地的老爸和当民办教师的林美凤无异于是个天文数字。林美凤决定去城里挣钱,她说:再苦再难,也要给晓静治好病。

城里的钱哪是那么好挣的呢? 林美凤做过保姆,卖过菜,给人家送过米面,甚至跟男人一样在建筑工地上做过工。后来与一个叫郭金英的女人一起摆地摊卖衣服,渐渐有了个小铺子,给我治病的钱有了,林美凤想再多挣一点儿,好供我上大学。那阵子林美凤总给我爸打电话,说:再过一年,咱们就带晓静去看病,医院我都联系好了。可没承想连钱带货都被郭金英给卷跑了。她说,她一定要把郭金英找到,把钱要回来,然后带我去看病,然后再回家,我们好好过日子。

我爸说:你妈一边打工一边找郭金英,那苦吃得没数。上个月,好歹找着郭金英了,却不想郭金英死活不承认认识你妈,还找了几个地痞把你妈一通打,打完扔在道边的绿化带里,被人发现时,你妈只剩一口气了……

我爸说不下去了。我的心一颤一颤的。她怎么样了?

我爸说:她想见你!

四

我去了医院,林美凤昏睡着。我走过去拉住她的手,发现她的手很粗糙。本来我可以更早知道真相的,只是恨挡住了我看到真相的眼睛。山再高路再远,双脚总能丈量;而亲情,可能很近,却永远无法丈量。

那些日子,我不吃不喝地守在林美凤病床前,偶尔她醒来,看到我,很温婉地笑,那是一个母亲满足的笑。我拉住她的手,告诉她:没有人比我更爱她。就算是兔唇也没关系,只要有她,我就有了一个晴朗的天。

我爸陪我。他继续跟我说那些我不知道的往事。

林美凤怀孕8个月时,从讲台上下来,不小心摔了一跤,送到医院时,情况已经很危险了。医生问我爸:保大人还是保孩子?我爸说:当然是大人。林美凤大声叫:要孩子,一定要孩子。我爸含着泪答应了她。幸运的是林美凤和我都活了下来,不幸的是,我是个兔唇的女孩。

村子里的人没人理解林美凤为什么会出去打工。他们说:为了那五八怪?还不如把她往道边一扔,再生一个呢!

林美凤也不让爸跟我说,她说:别让晓静再多一份心理负担了。将来,她大了,会明白的。

我泪如雨下。我抱住躺在病床上的林美凤。我很后悔那时她回来抱我时,我都用拒绝的姿势。

8个月后,警察抓到了郭金英和打伤林美凤的凶手,追回了林美凤应得的那份钱款。我爸用这些钱带我去做了唇裂修复手术。一年后,镜子里的我很像林美凤,清秀温婉。

（风为裳）

理解悟语

母亲就是这样,在孩子背后做再多也不肯说一点儿。但同时,她也是脆弱的,她可以为自己的孩子承受别人的种种话语,但却经不起孩子对自己的拒绝。曾经多少的误会,是因为女儿不理解。母亲的狠心离开,只是为抚平女儿的伤痛,这绝不是抛弃与逃避,而是深深的爱。

第一趟班车

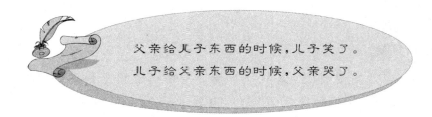

父亲给儿子东西的时候,儿子笑了。
儿子给父亲东西的时候,父亲哭了。

我上床的时候是晚上11点,外面下着小雪。我缩到被子里面,拿起闹钟,发现闹钟停了——我忘记换电池了。

天这么冷,我不愿意再起来,就给妈妈打了个长途电话:"妈,我闹钟没电池了,明天还要去公司开会,要赶早,你6点的时候给我打个电话叫我起床吧。"妈妈在那头的声音有点儿哑,可能已经睡了,她说:"好,乖。"

电话响的时候我在做一个美梦,外面的天黑黑的。妈妈在那边说:"小桔你快起床,今天要开会的。"我抬手看表,才5点40。我不耐烦地叫起来:"我不是让你6点叫我吗?我还想多睡一会儿呢,被你搅了!"妈妈在那头突然不说话了,我挂了电话。

起来梳洗好,出门。天真冷啊,漫天的雪,天地间茫茫一片。公车站台上我不停地跺着脚。周围黑漆漆的,我旁边却站着两个白发苍苍的老人。我听老先生对老太太说:"你看你一晚都没有睡好,早几个小时就开始催我了,现在等这么久。"

是啊,第一趟班车还要五分钟才来呢。

车终于来了,我上车。开车的是一位很年轻的小伙子,他等我上车之后就把车开走了。我说:"喂,司机,下面还有两位老人呢,天气这么冷,人家等了好久,你怎么不等他们上车就开车?"

那个小伙子很神气地说:"没关系的,那是我爸爸妈妈,今天是我第一天开公交,他们是来看我的!"

我突然就哭了。手机上,我看到爸爸发来的消息:"女儿,妈妈说,是她不好,她一直没有睡好,很早就醒了,担心你会迟到。"

忽然想起一句犹太人谚语:

父亲给儿子东西的时候,儿子笑了。

儿子给父亲东西的时候,父亲哭了。

(夏小桔)

理解悟语

生活需要感恩,尤其是亲情。父母给予孩子的许许多多,孩子会认为理所当然,不是所有的儿女都懂得向父母回赠些许。父母不是渴望什么回报,只需要我们真心向他们道一声问候。

因为您,我无法沉沦

让 小 学 生 理 解 父 母 的 100 个 故 事

　　父亲不仅仅是宽容的父亲,母亲不仅仅是慈祥的母亲，他们是山——一座能为子女遮风挡雨、顶天立地的大山，于无言中坚定、执著地守望着我们。他们的言行举止无形之中赋予我们榜样的力量。

　　父母教给我们的远远超出了知识和能力的范畴,他们良好的品德在我们幼小的心灵中播下的种子,对我们的成长起着潜移默化的作用。

谢谢你,教会我挺起胸膛

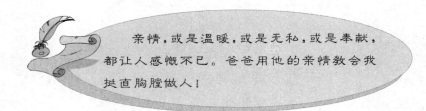

亲情,或是温暖,或是无私,或是奉献,都让人感慨不已。爸爸用他的亲情教会我挺直胸膛做人!

　　大学毕业半年后,仍旧没有找到工作的我,只好灰溜溜地回到了家乡的小城。

　　父母难以掩饰他们的失望和沮丧,那被岁月侵蚀的容颜上又多了一丝忧伤,母亲整日唉声叹气,爸爸默默地吸着劣质的香烟,家里的气氛变得异常压抑。我开始整夜整夜的失眠,躲在自己的小屋里看电视打发时间。偶尔夜里去洗手间,路过父母房间的时候,他们那压抑着的叹息便狠狠地敲击着我脆弱不堪的心灵。那些日子里,总有种欲哭无泪的感觉。

　　自从我回来之后,爸爸很少主动和我说话,我们就这样尴尬地生活在同一个屋檐下。这样的日子过去几个月后,忽然有一天,爸爸叫住了正要出门闲逛的我。"我和你在中医院上班的表叔商量好了,明天你跟他去省城学按摩吧,活人总不能被尿憋死!"我咬了咬嘴唇,没说什么,心里却很不是滋味儿。"我知道你觉得自己脸面上过不去,可你也不想想,现在满大街的大学生为什么找不到工作?不就是因为放不下架子吗?出路出路,走出去才有路。咱不能被这点儿事情压垮了,就这么定了,明天就走!"爸爸不等我说什么,转身就走了出去。

　　和表叔到了中医院之后,我就感到脸烧得火辣辣的。来这里学按摩的大多是十几岁的孩子,我这样的学历和年龄的大学生在这里显得有些另类。尤其让我觉得难堪的,就是自己不争气。我没想到自己除了上学之外居然一无是处!按摩老师教的手法、姿势,别人学几分钟就掌握了,我学半天还是学不会,只好厚着脸皮请教小学弟小学妹们。按摩的老师对我这个笨徒弟也很头疼。

我开始打起了退堂鼓。我在电话里求母亲帮忙,求他们让我回家。让我没想到的是,一向最听母亲话的他,一反常态地拒绝了母亲,还在电话里把我骂了个狗血喷头。"别人的孩子能吃得了苦,你怎么就吃不了?学不好,你就别想回这个家!你给我拿出男人的气概来,别让我看不起你!"在他的怒吼中,我红着眼睛挂上了电话。

在接下来的几个月里,我玩命儿似的学着按摩。我恨自己不争气,让父亲骂来骂去的。为了学好按摩,我整天泡在科室里。因为按摩的时间太长,我的手臂手腕都有了不同程度的损伤。即使这样,我仍旧咬牙坚持着。下班之后,同伴们常常一起出去逛街,这个时候,我就独自一人在寝室里对着解剖图继续研究手法。为了省钱,我每天只吃中餐和晚餐,常常是一包方便面凑合凑合。我不想欠父母太多,尤其不想欠爸爸太多,我和他之间已经有了隔阂。超强度的工作量和营养不良,让我迅速地消瘦下去,在不到 3 个月的时间里,我整整瘦了 20 斤。

表叔常常来寝室看我,经常带我去附近的饭馆儿打牙祭。到中医院学习了几个月之后,我终于跟上了大家的节奏,再也不用在哄笑声中被老师点名批评了。母亲想我想得不行,表叔便陪着我回了趟家。

到家之后,母亲一看到瘦了一圈儿的我,眼泪"哗"的一下就下来了。爸爸板着脸孔说道:"哭什么哭!男人就该出去遭点儿罪,吃点儿苦!生铁不打不成钢!"说着,拉着在一旁尴尬站着的表叔走了出去。母亲摸着我的脸心疼得不得了,连忙跑到厨房里给我炒菜做饭。吃饭的时候,母亲把菜推到我面前,拿起筷子使劲儿给我夹菜,一边夹菜,一边擦着眼泪。

很晚的时候,喝得醉醺醺的爸爸和表叔回来了,两个人都带着轻伤,我连忙跑过去扶住摇摇晃晃的他们。爸苦笑了一下,说人上了年纪就不中用了,老哥俩喝完酒居然摔得鼻青脸肿的。

从那之后，表叔一有空就带可口的食物来看我，我真的再也没有瘦下去过。

　　半年的学习很快就结束了，在爸爸的资助下，我在省城开了一家很小的按摩院。原以为凭着不错的手意，很快便能赚得滚滚财源，没想到人们对我这个没有名气的毛头小子根本不买账，常常一整天见不到一个顾客。爸爸发动了所有的人际关系，让在省城的老朋友们帮着打广告，做宣传。时间一长，广告的效应还真的显现出来，主动来找我按摩的人越来越多，生意逐渐好起来。

　　可没想到的是，不久之后我又遇到了麻烦。不知从什么时候开始，几个小地痞就常常在我附近转悠。后来，他们便走进来按摩，每次按摩的时候都想方设法地找麻烦，找借口不给钱。人生地不熟的我本着多一事不如少一事的原则一再迁就，可他们却变本加厉起来，为此，我苦恼不已。

　　几天之后，当我刚刚打开店面的时候，风尘仆仆的爸爸便出现在我眼前。原来，他从母亲那里知道了我的情况之后，连夜赶了过来。他在店里陪了我两天，那群小地痞又找上门来了。

　　做完按摩，他们又找借口不给钱，吵闹着就要向外走。这时，瘦弱的爸爸猛地拦住他们，和他们理论起来。对方根本没把他放在眼里，骂骂咧咧地继续向外走。我再也压不住心头的怒火，从厨房抄起菜刀就追了出来。瘦小的爸爸不知从哪里来的力气，猛地拽住我。几个小地痞先是一愣，随即怪笑着起哄。"有种你就往我身上砍啊！砍了我，我看警察管不管！"

　　几个小地痞一阵哄笑，周围聚集了越来越多的人。爸爸的脸庞像燃烧的火焰一样炽热起来，他猛地捡起一块儿砖头，对方连忙向后退了回去。"哥几个，别怕！他打了咱们，警察得抓他！"几个混蛋叫嚣着。突然，爸爸拿起砖头狠狠地砸向自己的额头……

　　鲜血如花般在爸的头上绽放，在场的所有人都傻了眼。"我敢在自己头上拍砖头，也能在你们头上拍，谁想试试！"爸爸面孔狰狞地大喊着。几个小地痞吓得连滚带爬地跑了出去。我疯了一样拦住一辆出租车，抱着他直奔医院而去。

后来，母亲问他当时怎么想起来砸自己的额头。爸爸白了她一眼，哼着鼻子说道："要是我打坏了那群混蛋，咱儿子还能做生意吗？"当母亲把这话转告给我的时候，我连忙转过头去，不让她看见我眼中的泪水。

事后，我们才知道，那些小地痞是不远处一家按摩店雇来捣乱的。从那之后，再也没有人在我店里捣乱过。

时光如水，两年的光阴转瞬而过。生意越来越好的我在市区中心买下了一个更大的店面。开业的那天，来了很多人。爸爸妈妈也特意从老家赶了过来。吃饭的时候，坐在我身旁的表叔笑着对我说："你爸为你真是耗费苦心啊！那年你学按摩时瘦了20斤，你爸当时就和我急了，我们老哥俩喝完酒之后，因为这个还打了起来。"我猛地转过头，呆呆地听表叔继续说下去。"后来，喝多了的他抱着我又骂又哭，委屈得跟孩子似的，哭着让我好好照顾你，哭得我都心酸。"说到这里，表叔红着眼睛猛灌下一杯白酒。我的眼睛也忽地湿润了。

"人啊！有了孩子就是不一样，你爸爸小时候跟个小女孩儿似的，见到血都恶心，可他居然能拿起砖头拍自己的脑袋！这得下多大的狠心啊！"我身体猛地一震。我从不知道爸有晕血的毛病，此时此刻，我忽然有种说不出的震撼，一种温暖而潮湿的液体开始翻滚起来。

爸爸在人们的祝福声中坦然享受着儿子带给他的成就感。他挺直胸膛，像个英雄一样享受这一刻的幸福。不，他就是一个英雄！亲情，或是温暖，或是无私，或是奉献，都让人感慨不已。而爸爸用他的亲情教会我挺直胸膛做人！

我挺直胸膛，端起酒杯递了过去。"爸，我敬你一杯！"爸爸的泪水混在酒水中一饮而下。

这是一个生命对另一个亲近生命最好的回报。

（王者归来）

理解悟语

父亲故作无情地把我们推出家门，为的是让我们学会独立，以便能够在社会上立足。孩子在外受的累，吃的苦，远远不是只有他一个人承受，还有酷似倔强的父亲暗中艰难地为他撑起一片天空。是父亲成就了和他一样有着硬汉气概的儿子。

他让我学会飞翔

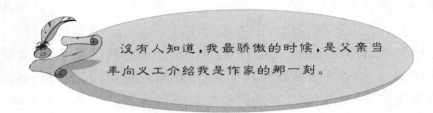

没有人知道，我最骄傲的时候，是父亲当车向义工介绍我是作家的那一刻。

一

　　我父亲是在芝加哥卡不里尼绿色住宅群附近的贫民窟里长大的。至今，那绿色的住宅群还是很多穷人摆脱贫困与危险的梦想家园。如果没有见过父亲居住过的破房子，你很难理解我父亲内心深处想的是什么。

　　父亲和我都是非常感情用事的人，我们对自己的感觉和观点都很执著，因为，我们有着意大利人的血统。从懵懵懂懂的小女孩进入豆蔻年华，我和父亲之间的争论开始升级。那些年，几乎每餐饭我和父亲都会为一个问题争论不休。从政治、女权运动到越南战争，我们无所不争，而且总是针锋相对，谁也无法说服谁。争论的很多话题中，有一个话题僵持了许多年，那就是，关于我的职业选择。

　　"像我们这样的人，根本不是当作家的料。"父亲总这样大声地说。

　　"或许，像你这样的人的确不是当作家的料，"我反唇相讥，"不过像我这样的人就是当作家的料！"我说得一点儿没错，我一直这样认为。

我从小在父亲挣得一个漂亮的大房子里长大，房前有一块绿色的大草坪，家里养着一只加拿大牧羊犬。我家有很多房子，不愁吃喝。我所有的任务就是在学校拿高分，别犯什么大错。

二

父亲年轻时代是在一个狭窄的出租屋里度过的，他得照顾一个不会说英语的寡母，还得照看两个未成年的弟妹。无论三九寒冬，或三伏盛夏，父亲都得拼命工作，想方设法赚钱养家糊口。父亲最大的梦想就是从贫民窟里搬出，有自己的房子，全家人都能过上穿暖吃饱的日子。等到父亲成家后，靠着自己的勤奋与智慧，他果真实现了自己的梦想，搬出贫民窟，有了自己的房子，过上了富足的生活。

父亲在他的历史和现在之间挂上了厚厚的窗帘，从不向我，也不向别人说起过去的艰难岁月。在父亲心里，不让人家知道他经历过的苦难是一种骄傲。可是，由于我不知道父亲的过去，我无法真正理解父亲，不明白他为什么总要给我那么多的指点，总为我设计并不理想的未来。

尽管父亲极力反对，我还是坚持了自己的职业选择，做了一个靠写字吃饭的人。父亲为此大发雷霆，可又无计可施。

一次，母亲告诉我，父亲经常偷偷拿起我发表的文章看，一遍又一遍地看。虽然，他不再当面谈我工作的事情。可我知道，他一直希望改变我的职业，让我从事一项他认为可靠的工作，比如说当医生、老师或者秘书。

三

那年初冬，我刚满 23 岁。父亲被查出患上了骨癌，是晚期。医生说，父亲熬不过那个星期了。闻讯后，我从《纽约时报》编辑部急忙往家赶。坐在父亲病榻前，我泪流满面。听到我的声音，父亲吃力地睁开眼睛，仿佛他突然意识到，如果不让我知道真相，一切就太晚了。父亲一只手紧紧握着我的手,另一只手从床底取出一个箱子。这是父亲前不久从车库地下挖出来的,尘封了多年的箱子。箱子里面装着父亲童年和青年时代的照片。一张张照片上记录了父亲的童年时代和青年时代。那时他和他的弟弟妹妹都还是孩子,他们站在居住的贫民窟前照的相。这是我第一次看到父亲的老家、父亲的童年和青年时代。

父亲弥留之际,跟我说了许多话,他说他年轻的时候,体重才50公斤,却抬着重达100公斤的煤爬到没有电梯的9层楼。他向我聊到了那个五家人共同使用的洗手间。父亲告诉我,那时,他总担心他母亲和弟弟妹妹平时吃不饱,冬天穿不暖,担心家里有人生病,没有足够的钱买药和请医生。他还告诉我,每逢周六,富人们休闲娱乐的时候,他会去高尔夫球场做兼职球童。看到那些绿草坪,他的心情会非常愉快。他告诉我如何推销自己,让别人挑选他做球童。等到别人打完一场18洞的球后,碰到慷慨的客人,他会幸运地得到一个硬币的小费。

父亲告诉我,他拼命工作,就是希望我能过得好,不再像他年轻时候那样遭受贫穷的困扰。所以,在职业选择上,他也执意让我选择那些有安全感、有保障的工作。父亲说,这些年来,他多么希望我能多依靠他一点儿,可是,我总是那么独立,那么有主见。我告诉父亲,这些年来,我一直都在依靠他,我所有的希望和梦想都根植于父亲坚强的双肩。当父亲向我道歉,说差点儿折断我梦想的翅膀时,我告诉父亲,其实正是他,让我学会独立,学会飞翔。父亲听到这里,笑了,他艰难地点了点头。可是,我不知道父亲是否真正理解我的意思。

父亲去世前那天下午,母亲和我坐在病榻前,一人拉着他的一只手。突然,父亲松开我的手,向医院里的两名义工挥手致意。义工来到他跟前。父亲吃力地对他们说:"你们知道我的女儿吗?嗯,现在我想告诉你们——她是一位作家。"刹那间,我的眼泪夺眶而出。

父亲离开我们多年后,我写的小说经常会成为畅销书,为此我得到了无数荣誉。可是没有人知道,我最骄傲的时候,是父亲当年向义工介绍我是作家的那一刻。

(编译/曾庆宁)

　　因为爱,所以想对方好,所以想孩子走一条父母为他铺好的大路。而很多时候,我们都不愿受父母的束缚,宁愿背离他们的意愿而固执地选择自己的小道。即使这样,父母也会因为我们的坚强和独立而默默地祈祷并倍感自豪。

妈妈做你的榜样

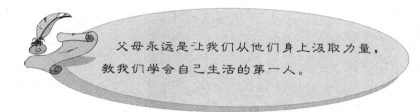

父母永远是让我们从他们身上汲取力量,教我们学会自己生活的第一人。

　　那是她生命中最难忘的日子。

　　去领困难补助金的那个早晨天气格外晴朗,全家人一大早就起床了,吃完早饭,她和儿子换上最好的衣服,在丈夫一声声"路上小心"的叮咛声中走出家门,朝民政局走去。

　　民政局的会议室里坐满了人,有和她一样来领困难补助金的居民,有前来采访此事的众多媒体记者。

　　她和几十个人站成一排,从领导的手里接过困难补助金,大大小小的摄像镜头对准他们,闪光灯比起彼伏。面对这样的情形,她心里有种说不清、道不明的滋味,不由得低下了头,很想快快逃离。记者却再次请他们将手中的钱呈扇形摊开,接着又是一阵灯光闪烁……

她忽然记起以前出现过同样的情形——也是无数镜头对准她，也是闪光灯亮得让她睁不开眼睛，可那时她把腰杆挺得格外直，脸上是灿烂的笑容，手上是大红的劳动模范证书……

牵着儿子的手走出大门，她的泪水忍不住涌了出来。她的泪水里既有酸楚，也有羞愧，更多的是对自己命运的哀叹。

她18岁就参加工作了，28岁当上市里的劳动模范，35岁因工厂倒闭不得不下岗。下岗后，她和丈夫开了一家小超市。超市开张四个月后的一天，她和丈夫去进货，不幸在路上发生车祸，从此丈夫只能坐在轮椅上，她瘸了一条腿，死里逃生后，他们的家境一落千丈，一家三口只能靠城市低保金为生。

低保金一个月只有380元，一家三口的一日三餐在里面，水费电费煤气费在里面，丈夫的营养费在里面，儿子的书本费也在里面……艰难的日子简直让她窒息。望着不能动弹的丈夫，看着才10岁的儿子，她甚至想过干脆买一包老鼠药，在做饭时拌进米饭里……

在她最绝望的时候，街道办事处的工作人员告诉她一个好消息：已将她家列入本地首批享受困难补助金的家庭，从下个月开始，她家每个月可在低保金的基础上再领300元。

走在路上，她悄悄抹去眼角的泪水。儿子摇着她的手臂撒娇："妈妈，我们今天有钱了，你给我煮肉吃好不好？"她看着儿子的小脸，心里有说不出的酸楚：虽说自己每星期都挤点儿钱出来买点儿肉为儿子改善伙食，可儿子正是长身体的时候，那点儿肉对他来说能顶什么事？

她带着儿子往菜市场走去，一路上走着便盘算好手里300元的用途。站在肉摊前，她指了指最便宜的那类肉对摊主说："来一斤这个。"儿子不干了："妈，太少了。"她咬咬牙说："那就来一斤半吧。"然后低头哄儿子："一会儿我再去买点儿土豆，和肉煮成一锅，再放点儿葱花，就会要多香有多香。"

提着那块肉走在回家的路上，儿子还是不满意："妈，你就多买点儿，炖一大锅，我们美美地吃一顿。"她笑了："这个月把钱花光，下个月不吃饭？"儿子一昂头说："下个月不是还发给咱们钱吗？这个月花光了，你下个月再去领。"儿子的这句话让她感到从未有过的震惊，仿佛有一根线一下子勒紧了她的心脏，勒得她说不出话来。她没想到儿子会有这种想法——只因为有这样那样的困难就可以不必劳动、不必奋斗，就可以心安理得地享受他人的帮助！难道儿子将来要靠低保、补助金过一辈子？

那天晚上，看着摊在桌子上的崭新钞票，她一夜没有合眼，儿子白天说的那句话一遍遍地在她耳边回响。她对自己说：我会劳动，也能劳动，曾经获得的那么多荣誉都和劳动有关，难道如今瘸了一条腿就不能劳动了？我还有一双健康的手，应该用自己的双手养活一家人！我不能让儿子将来靠领补助金过日子……

一个星期后，她在市场的一角支起一个小摊卖水饺和馄饨。她的水饺和馄饨皮薄、馅多，而且绝对新鲜、卫生。

一年后，她开了一家早餐店，但店里只能放三张小方桌。她每天凌晨两点起床，赶早班车的人一年四季都能在她的早餐店里吃上东西。

三年后，她有了一家能放七张桌子的店铺。

再后来，她的店开在繁华的大街上，店面堂皇，可以承办各类宴席……

现在，逢年过节，她都会随街道办事处的人去慰问低保户，为他们送米送油送钱。除了安慰与关心，她总会比别人多问一句："我的店里有工作岗位，你愿意来吗？"

当然，她的儿子已经长成小伙子了，和同龄的孩子一样健康阳光。不同的是，他从上中学开始，每逢寒暑假都在妈妈的店里打工，和店里的伙计干一样的活儿，拿一样的工资。

儿子一直记得 10 岁那年的事，不是因为记性好，而是妈妈常常重复那天的事，重复他说过的话。妈妈每次讲完这件事，总会加上一句："我不想你长大后成为依靠别人的人，所以，儿子，我一定要成为你的榜样！"

儿子说："其实我记得最清楚的是另一件事。妈妈卖饺子和馄饨的第一天很晚才回来，她一进屋，手也来不及洗就径直走到我面前，将一张五元、一张两元的纸钞和四个一角的硬币一字排开，整齐地放在我面前的桌子上，认真地看着我说，儿子，妈妈今天挣钱了，这是妈妈用劳动挣来的,不是人家发给咱们的……"说到这里,这个身高近1.8米的小伙子眼圈红了。

(刘　鑫)

　　父母用自己的行动来为儿女折射出每一个做人的道理。开始我们不懂一点儿世事,有了他们的熏染,我们才明晰、才顿悟。父母永远是让我们从他们身上汲取力量,教我们学会自己生活的第一人。做人,就要做像榜样般的父母那样的人。

因为您,我无法沉沦

　　因为有父母作为支柱,才使得我们永远无法遗弃自己。

　　1999年,我考上了县里最好的高中。

　　开学那天,是一个酷暑尚未离去的秋日,天气更有一种莫名的浮躁,是一个在空气中走动都会感觉到窒息的天气,没有谁喜欢在这样的天气里出行。但是,为了省下那来回6元钱的路费,父亲便执意要用单车驮着我去那所知名的重点高中。

　　一路无言,在车子后面看见父亲单薄瘦弱的身体在烈日底下费力地蹬着单车,原有的兴奋在不知不觉间遁于无形,心中只有一种莫名的凄落。

等到学校把一切都安排妥当以后,已是正午。我要父亲喝点儿水休息一会儿再走,父亲执意不肯,说下午我还有课要我好好休息,不要耽误了下午的课程。父亲临走以前掏遍了身上的每一个口袋,也只找出了4块4毛钱要我先用着。望着从早上就滴水未进的父亲,还要在烈日之下骑那么长时间的单车,我执意不肯收,然而终于还是没有拗过父亲,只好收下,听父亲千叮万嘱,一再说要我好好学习要用功要勤奋以后要有出息……

　　望着父亲在烈日底下渐行渐远的身影,低头看见父亲塞给我的钱,脑海中便不由浮现出父亲为我支付那笔昂贵的凌乱的费用时,收款人那不屑一顾的轻蔑神态……

　　忍住想哭的冲动,把已旋在眼眶中的泪水狠狠地逼了回去,为了父亲,我不哭,因为,父亲希望我坚强,所以,我必须拒绝眼泪。

一

　　高中三年,我经历了兴奋、欣喜、迷惘、无奈,终至失望绝望……

　　每天,我都在数理化中苦苦挣扎,在一次又一次的付出未果之后,我对自己已经彻底绝望,对学习已经没有了上进的信心和欲望。

　　终于,在高三那一年,我决定放纵自己,因为选择堕落要比选择勤奋来得容易得多……

　　我背弃了父亲的期望和我最初的信念,开始在心烦的时候选择逃课。在那一年,我甚至学会了喝酒。

　　我沉沦着我的沉沦,无视于老师和同学们形形色色的目光。

　　只是,每一次回家,当我面对父亲时,我依然会是一个积极上进的好女儿,我会和父亲谈论各种各样的事情,只是每一次谈及学习谈及考试,我都会有大堆大堆冠冕堂皇的理由来掩饰。因为,我实在不想也不敢去伤害一颗慈父的心,所以在父亲看来,我依然是值得他骄傲的极有前途的好孩子……

　　2002年7月7日,我怀着一定会落榜的自信走进了高考考场……

　　7月9日,当我递交上最后一张考卷时,我已经彻底平静,麻木的平静,无知无觉地走出考场,天地之间便只剩下了绝望。

那天,父亲忙完农活以后来接我时已是深夜,看见父亲疲惫而满足的面孔,麻木已久的心又一次被深深刺痛,也有了一种不可抑制的恐惧。

那段日子,我强忍住伤痛和父亲一起违心地讨论着大学,心在隐隐作痛,因为我知道,父亲终将会失望,因为他对我期望太高。在父亲面前,我向来很乖;在父亲面前,我从不任性;在父亲面前,我一直是一个听话上进的好孩子……

二

成绩的公布并没有因为我的不安而延缓半点……

那一年,我的分数只有 532 分,而本科线为 556 分。

当我平静地告诉父亲时,我不知道接下来的将会是什么,就算是从来都没有厉声斥责过我的父亲此时打我几巴掌,我也认了。在很长一段时间的令人窒息的静默之后,我惴惴地抬头,正与父亲的目光相对,很分明的,我看见父亲眼里有一些没有隐藏住的什么在一闪一闪地灼伤着我的眼睛。

那一天,从母亲口中得知,在我高考之前两个月的一段时间里,父亲因为已经很严重的骨质增生去医院开了几服中药。然而不知是因为医生交代不明,还是因为父亲在用药过程中忽视了什么至关重要的注意事项,父亲在喝下其中一服药之后,忽然就晕厥过去,神志不清。惊慌无助的母亲在邻居的帮助下将昏迷不醒的父亲匆匆送往医院才得以脱险,父亲醒来以后的第一句话就是让母亲不要告诉我,以免打扰我,影响我高考……

然而,当时我又在干什么?

父亲一言不发,只是那么失望地注视,让我除了深深的内疚和心痛之外别无感觉……

在一种莫名的突然袭来的冲动下,我撕碎了自求学以来所有的奖状和荣誉证书,在那些一直都被父亲视若珍宝,象征我曾经的荣誉而今却换来耻辱的证明化做碎片漫无边际地飘落之时,我在父亲面前跪下了。

父亲在一声长长的叹息之后,推门离去,自始至终没有说一句话。

三年之前,对着父亲的背影我没有哭;三年之间,因为麻木我没有哭……

今夜,眼泪却已决堤。在我虚度了一千零一夜的幻想之后,卸下伪装,今夜理智终于面对现实。父亲啊,您可知道眼泪决堤时是何等的一种畅快!

三

我最终决定复读,父亲依然是无言的支持。在父亲再一次将我送回那熟悉的陌生地时,我已经恢复了平静,只是此时的平静已经不再有任何麻木的成分,因为我已经痛下决心绝不虚度此行,不成功则成仁!

高四那一年,有过泪,有过痛,也不可避免地有过失望和无助,却从未想过要再次选择放弃,因为每一次念及颓废,三年前父亲的背影和那夜父亲的泪光,便会将那些累积的、不敢碰触的情绪变成恩泽浩荡的海洋,让我沉浸其中愧疚难当……

那年,我每次打电话回家,父亲只是嘱咐我要记得休息,别舍不得吃饭,别累坏了身体……对于学习,父亲却绝口不提。我知道父亲是不想让我再次忆起那些伤痛的往昔,只是父亲不知道往日的伤痛如今已经成了激励我的动力……

每次握着话筒便想哭,却从来就不曾有过,因为,从记忆冻结的那一天起,我便学会了父亲一直以来期望的坚强,我必须坚强!

2003年6月23日23:00,在接到同学打来的电话之后,知道了高考成绩已经公布。我按了电话的免提键和父母一起查询我的高考成绩:本科线480分,我500分。跳动的心渐渐平息之后,回头看见父亲,笑得很释然。

我也想笑,却更想哭。父亲已经明显老了,长期从事沉重的农事,父亲原本英俊魁梧的身材也已经变得瘦小,原本有神的双眼也已经渐渐浑浊,可是这次笑起来,却依然是那么的年轻。

四

来聊城的前一夜,父亲宴请邻里来为我送行,因为按照村里的习俗,每一个大学生临走之前一定要宴请平日里相互照应的邻里吃顿饭。

我知道,父亲盼这一天已经好久了,而我,让父亲又多等了不轻松的一年。我并不喜欢这种喧哗的场面,却在那天陪着那些和父亲一样淳朴而善良的人们坐了好久,听他们淳朴真诚的祝福,听他们天南地北的谈论。

他们都散尽之后,我发现父亲醉了。

父亲醉了,说了好多话,然后父亲就对我发火了,因为我在高三那一年的堕落和我许久以来对他的欺骗。自我记事以来,我就没有见过父亲发火,更不知道原来父亲也可以对我这么声色俱厉地呵斥,更没有想到父亲会在这么一个日子里对我斥责。在我令父亲最伤心最失望的时候,父亲没有骂我甚至没有一句大声的话,而今天我终于将他的企盼实现以后,父亲终于还是对我宣泄压抑已久的情绪了。

我静静地听着父亲对我的不满,默默记着父亲对我的企盼,没有感到丝毫的委屈或是不甘,因为我能理解父亲的那一颗拳拳之心。

五

而今,父亲依然会小心收藏我每一份大大小小的获奖证书,不时会拿出来看看,偶尔会在乡邻面前小小地炫耀,我想我是不会再有将它们撕碎的机会了。

父亲只是一个地道的农民,从来都不懂得什么人生的哲学,或是高深的文化,但是父亲却凭借着他独有的质朴和忍耐让我走过了那段迷惘无知的岁月,这份情,我又怎能不在乎?

父亲并不伟大,他也不会用生动华丽的语言去为自己对女儿的爱做什么诠释,甚至我现在正在写着的东西父亲也不一定能够完完全全地看明白,但是那份深深浓浓的爱却是任何人都无法置疑的!

(月下听禅)

我们不知为何堕落,可是当知道我们的堕落辜负的不单是自己更是父母时,才忽而想起他们眼中的企盼。于是,因为灵魂有了他们的支撑,我们才得以再一次站起来,为未完的事发奋。因为有父母的支撑,才使得我们永远无法遗弃自己。

用心去爱

母爱富有疗效,可以弥补孩子心灵缺失的部分。

夏季的一天,天气很好,我决定出去散步。在一片空地上,我看见一个 10 岁左右的男孩和一位妇人,那孩子正用一个做得很粗糙的弹弓射击一只立在地上,离他有七八米远的玻璃瓶。

男孩总是把弹丸打偏,而且忽高忽低。我站在他身后不远处,看他练习,因为我还从没见过弹弓打得这么差的孩子。那位妇人坐在草地上,从一堆石子中捡起一颗,轻轻地递到孩子手中,安详地微笑着。那孩子一颗颗接过来,一颗颗打出去,当然,都被他浪费掉了。从那妇人的眼神可以看出,她是孩子的母亲。

039

不过男孩很认真,屏住气,很久才打出一颗。但是连站在旁边的我都可以看出他这一弹一定又打不中,可是他没有罢手的意思。

我走上前去,对那位母亲说:"让我教他打好吗?"

男孩停下来,但还是看着瓶子的方向。

男孩母亲对我笑了一笑,说:"谢谢,不用!"她顿了一下,望着孩子悄悄对我说:"他看不见。"

我怔住了。

半晌,我喃喃地说:"噢……对不起,但为什么……"

"别的孩子都是这么玩儿的,不是吗?"

"呃……"我说,"可是他……怎么能打中呢?"

"我告诉他,总会打中的。"母亲平静地说,"关键是他做了没有。"

我沉默了。

过了很久,男孩的频率逐渐慢了下来,他已经累了。

母亲并没有说什么,还是很安详地捡石子,微笑着,只是递石子的节奏也慢了下来。

我慢慢发现,男孩打得很有规律。他射出一弹,向一边移一点,射出一弹,再移一点,然后再慢慢地反方向移回来。

他知道大概的方向啊!

夜风轻轻袭来,蛐蛐在草丛中轻唱,天幕上有了疏朗的星星。弹弓皮发出的噼啪声和石子掉在地上的砰砰声仍在单调地重复着。对于那孩子来说,黑夜和白天并没有什么区别。

又过了很久,夜色变得很浓了,我已经看不清那瓶子的轮廓,但是男孩仍在继续。

"看来今天他打不中了。"我想着。迟疑了一下,我对他们说声再见,便转身往回走。

走出不远,身后突然传来一声清脆的瓶子破裂声,随即是划破夜空的、夸张得令人心碎的母子的欢呼声……

既然不能做太多,那么就选择做一点点,选择默默地支持

和用心地等待。母亲从来就是这样无声地给予了孩子坚持的力量，让不幸的孩子也创造出不一样的成功。母爱富有疗效，可以弥补孩子心灵缺失的部分。

演配角的父亲

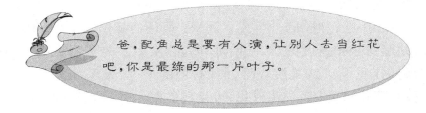

爸，配角总是要有人演，让别人去当红花吧，你是最绿的那一片叶子。

我 6 岁以前的记忆里没有他。13 岁以前的记忆里，他的形象完全模糊。

他一年 365 天中有 300 天都在外面跑，演戏或者找戏演。他偶尔回家一趟，除了递给妈妈一沓钱、吃一顿饭，然后就是躺倒在床上呼呼大睡。我不记得他曾坐下来和妈妈好好说过话，也不记得自己曾坐在他膝上撒过一回娇，他对我的爱就是偶尔回家时带给我一个洋娃娃。而他买给我的娃娃有 5 个是一模一样的，因为他从来就记不得自己给女儿买过什么，也不知道女儿喜欢什么。我跟着妈妈长大，对他的感情稀薄如空气。

我 13 岁那年，妈妈去世了，匆匆赶回来的父亲涕泪交加，伏在床前叫着妈妈的小名，说自己对不起她，说如果有来生，他绝不会再爱上电影。可是，妈妈葬礼结束后，他把我交给大姑抚养，仍然跑去演他的电影。

满怀对他的怨气，更多是受妈妈的影响，我不喜欢看电影。他所参演的电影，我硬是一部都不看，也从来不让别人知道自己的爸爸是谁。直到上了中学，我的一位同学偶然间知道了我的爸爸是何许人，当时就大笑起来，说你居然是他的女儿，一点儿都不像嘛。我问，怎么不像？同学老半天才吞吞吐吐地说："你爸爸可是位搞笑天才，可你很少笑。"同学的话让我对他产生了一点儿好奇，我想，银幕上的他到底是什么样子呢？于是，我偷偷跑去看他拍电影。

　　我不知道正拍着的是什么电影，只见平时一脸严肃、身材不高的他，头发留得老长，嘴上有一绺小胡子，叼着烟，脸上满是痴笑，跟在一群人后面，跳来跳去，挤眉弄眼地说着台词，极为可笑又可鄙的样子。人家喊一声"冲"，他便跑在最前面，然后两群人打起来，他被打得倒在地上，被一双双脚踢着，他在地上滚来滚去，啊啊地叫着……躲在一旁的我再也忍不住，"哇"的一声哭了起来。演员们都停了下来，他也看到了我，站起身拍拍身上的土，哈哈地朝大家笑着："是我女儿呀。"然后跑过来搂住我说："这是演戏呀，假的，假的……"人家都笑了，觉得这个女孩儿傻得可爱，都来劝慰我，可是我的泪水还是止不住，很快打湿了他的衣襟。

　　我明白了同学欲言又止的真实意思。那时正是武打片、枪战片盛行的时候，每部片子的男女主人公都是英雄，身手不凡，英俊挺拔，而我的爸爸，在这些电影里却只是个逗人发笑的可怜虫、小丑！我突然想起他有个宝贝箱子，于是趁他不在时翻出来看，我发现那箱子里有他参演的所有电影的海报；有一些电影的录像带；有报纸杂志对电影的评价剪报，甚至还有一些观众来信——信不是写给他的，可不知为何他却收着……如果说面对拍摄现场的他，我是心痛，那么面对他精心收集的这一大箱资料，我感到了说不出的悲哀。

　　不久，在拍一部枪战片时，他饰演抢匪甲，从飞驰的汽车上被摔下，断了两根肋骨。他回家休养，我们父女俩有了第一次长时间的相处。躺在床上的他，兴高采烈地给我讲拍电影的趣事……他又把那些录像带放来看，说是让我为他找找不足。他演的全是喜剧，却每一部都让我泪流满面。他看着流泪的我笑着说："难道我就这么失败？连自己的女儿都逗不笑。"

我忍了好久才说："爸,别拍电影了。"他拍拍我的头："不演电影,我拿什么供你读书?"他的一句话让我低下了头,他说："不过我拍电影,不只是为了给你挣学费,实际上电影是我的生命,爸爸从骨子里离不开它。你要相信,爸爸不会一辈子当小角色的……"他又说,所有的大明星都是从小配角开始的,而且演员都知道:只有小角色,没有小演员。此时的他,全然不是电影里的模样,眼神是那般的坚毅,神情是那么的庄重,这才是我的爸爸啊,为什么电影上的他不是这样?

虽然仍然不喜欢他拍电影,但我开始记得给他打电话,叮嘱他注意休息,按时吃饭。他回来,我做最好的饭菜迎接他。

只是,他的电影梦真有实现的那一天吗?

记得有一次,他接到一个男三号的角色(所谓的"男三号"就是主要配角吧,可他一定要叫"男三号"),他兴奋地给我打了近半个小时的电话,似乎觉得美好的未来已经显现。我嘴里说着高兴的话,心里却并不兴奋。年岁渐长,我知道了些人世沧桑,与他在一起的一帮人,比他年轻的早就走到了他的前面,他追上他们的希望越来越渺茫。

随着电影的不景气,他又开始游走于一个个电视剧组,照样演着一个个小角色。他打电话回来说,电视剧虽然艺术性差多了,可钱比以前挣得多,这次挣了两万呢,你想买什么就买,爸爸这次挣了大钱了!他的欢喜与自豪让我有种说不出的心酸与心疼。我刚从杂志的八卦新闻里看到,那个剧的男主角报酬是一集12万……

他一直不知道,大学期间,我曾偷偷去看过他拍电视剧。除了认真地饰演自己的那个配角,他似乎还干着剧务的工作,买盒饭,收拾场地,帮着照看五六个小演员……谁有什么事叫他一声,他准马上赶到。他总是乐呵呵的。可在没人注意到的地方,他披着一件军大衣,靠在道具箱上疲倦地睡着了,手里还夹着没燃尽的香烟……

直到今天,他仍是跑来跑去地拍电视剧,仍是演着小角色。自从我工作后,他经济上没什么压力了,甚至不太计较报酬的多少。所以,他几乎没有停下来的时候,总是从这个剧组到那个剧组。只要他还能演戏,他的梦想就永远在高飞……

这些年来,我已认同了他的生活,我想对他说:爸,配角总是要有人演,让别人去当红花吧,你是最绿的那一片叶子。

所以现在,我可以坦然地告诉你,电影电视剧中那个一闪而过的黑衣蒙面人、那个被一脚踢飞的"坏蛋"、那个逗你一笑的丑角,你从来不曾记住他的面容与姓名——可他,是我的父亲——今生今世的父亲。

(口述/梅 雪 整理/凡 娘)

尽管在别人眼中,父亲只是一个并不起眼的配角,但他始终是孩子眼中的主角,是孩子生命的全部。无论什么时候,我们都是父亲的第一个观众。一个为梦想而执著地演戏的父亲,是一位值得我们尊敬的父亲。

儿女是父母最自豪的别墅

能够维护生命之最古老、最原始、最伟大、最美妙的力量莫过于父母对我们的爱。父母的爱，是一种对儿女天生的爱、自然的爱。父母是花瓣，孩子是花蕊，在花还没有完全绽放时，花瓣总是紧抱着花蕊。

孩子是父母最珍贵的宝贝，不管你是怎样的卑微和落魄，父母永远是你可以停泊栖息的港湾。他们悉心的关爱和呵护，把你送上风雨无阻的人生之船。

我终于读懂了您

妈妈的爱也许就是那样的普通，但她一定是温暖的，她就像春天的细雨漫漫地滋润着我的身心，值的庆幸的是，作为儿子的我已经理解她的爱。

离开妈妈身边独立生活已经有 6 年了，这 6 年，从大学生活到参加工作。从北疆到南疆，但不管怎样每次有困难或受到挫折时便会想起她，想与她联系，听听她那熟悉的声音，想从她那里找到安慰，找到温暖和无尽的力量。

记得我的童年是在妈妈的精心呵护下长大，她为了全身心地照顾我们兄妹三个而放弃了自己的工作。春天的榆钱饭、端午的粽子、夏日里的绿豆汤、冬日里的故事。母亲无微不至的关怀总是给我们带来无尽的快乐和喜悦。

妈妈的文化程度不高，但妈妈还是通过努力认识了所有常见的汉字，由于她所受的教育毕竟有限，所以给妈妈的思想和行为带来了局限。她不喜欢我有自己的思想，一切必须按她的安排办，天冷时她怕我冷，天热时又怕我热，我都 13 岁了她怕影响我的学习不让我自己洗衣服。总之，在她心中我始终是一个不能独立生活的笨小孩。所以随着年龄的增长，我和妈妈的分歧就越来越大。到了十五六岁，我几乎就很少和她交流，认为她的那些关心始终都是无休止的唠叨，每次交谈总是格格不入，最终总是以我的沉默、她的责骂而告终。

最初我做出叛逆妈妈的爱的事发生在我上五年级的时候。记得那是一个冬天下雪的中午，由于没有背诵好课文而被老师留了下来。老师说："背不出就不要回家吃饭。"由于我胆子很小，始终不敢去给老师背诵，只好眼睁睁地看着同学们走了一大半，老师也回家去吃饭了。当我下午背完后，只能饿着肚子上课了。母亲在窗外已站了很久，她从窗外向教室里已看了好几次，但那时新疆的冬天窗户上是一层霜。通过窗户是什么都看不到的，在不得已的情况下，母亲推门探着头，急切地问："小龙在吗？"打断了老师的讲课和同学们的听课，然后向老师打了招呼，叫我出来。母亲用她的头巾包着给我送来一个大馒头和一瓶汽水。她问我为什么中午不回家，饿不饿。我只是一个劲地叫她快点儿回去，什么也没回答。我没有听完她的叮嘱就回到了教室。回到教室后，老师当众批评了我的母亲说她没礼貌，下课后同学们就用陕西话取笑我。当时我很自卑，也很怨恨母亲，回到家里将怨气全部发泄给了她，当我将老师的话转告给母亲时，母亲的脸色都变了，什么都没说，眼含着泪花狠狠打了我一巴掌。看着妈妈伤心的眼泪我后悔极了，但我并没有道歉，最后也只以沉默告终。

当我考上大学，离开母亲后，自己开始经历生活，尝尽人间琐事。我逐渐地懂得了妈妈的爱是什么？那是见到我的笑容、饭桌上的土豆丝、洗脸盆中的热水、我脚上穿的棉鞋——就是这些普普通通的小事，一做就是几十年。正是这样的日常琐事让美丽的她付出了很多很多……

现在回想起那些不懂事的年月，为自己的行为而感到惭愧，回想起母亲冒雪给我送饭，而自己不理解她，竟责备她的土气，现在如果能回到当时我肯定会站起来，对那位老师说："那是我的妈妈，您不能这样说她。"妈妈的爱之所以那段时间不能让我接受，是因为她的做法和表达方式让我这个自认为比妈妈懂得多的傻孩子无法满意而已。

这六年来我最高兴的事是回家看她，我逐渐理解了她对我的爱，我也一直惭愧那段时间对她的叛逆，让她费了心，也曾想向她对那时的表现道歉，但总是像大多数中国人一样不太会表达自己的感情，每次看到她的笑脸，好像觉得她已懂了我的心。

妈妈的爱也许就是那样的普通，并不像电视上所演的那样特定的人物特定的事例,但她一定是温暖的。她就像天上的太阳,地上的空气无时无刻不给予我们,只是她给予我们太多,而使我们不能及时觉察。她就像春天的细雨漫漫地滋润着我的身心,值的庆幸的是,作为儿子的我已经理解她的爱,并想对她说:"妈妈你永远是那么伟大,我永远爱你!"

(古　文)

母爱是既简单又幸福的,它既不需要豪言壮语来表达,也不需要金钱物质来衡量。何须介意别人的眼光,别人可以不理解,但只要我们知道那是我们的母亲,是爱我们的母亲,我们必须以爱报爱,这就已经足够。

真正的珠宝

母亲只穿了一件朴素的外套,身上没有戴任何饰品,但是她和善的笑容却照亮了她的脸庞,远胜于任何珠宝的光芒。

古罗马有一位伟大的政治家,在回忆自己的童年经历时,曾讲过这样一个故事:

一天,两个小孩正在清晨的阳光下快乐地玩耍,他们的母亲卡妮亚走过来对他们说:"孩子们,今天将有一位富有的朋友要来我们家做客,她将会向我们展示她的珠宝。"

下午，那个富有的朋友来了。金手镯在她手臂上闪烁着耀眼的光芒，手指上的戒指熠熠闪光，脖子上挂着金项链，发髻上的珍珠饰品则发出柔和的光。

弟弟对哥哥感叹地说："她看起来真高贵，我从没有见过这么漂亮的人。"

哥哥说："是的，我也这样认为。"

他们艳羡地看着客人，又看看自己的母亲。母亲只穿了一件朴素的外套，身上没有戴任何饰品，但是她和善的笑容却照亮了她的脸庞，远胜于任何珠宝的光芒。她金棕色的头发编成了一条长长的辫子，盘在头上像是一顶皇冠。

"你们还想看看我别的珠宝吗？"富有的女人问。

她的仆人拿来一只盒子放在桌上。这位女士打开盒子，只见里面放着成堆的像血一样红的红宝石，像天一样蓝的蓝宝石，像海一样碧绿的翡翠，还有像阳光一样耀眼的钻石。

兄弟俩呆呆地看着这些珠宝："要是妈妈能够有这些东西该多好啊！"

客人炫耀完自己的珠宝后，自满又故作怜悯地说："快告诉我，卡妮亚，你真的有这么穷吗？什么珠宝都没有吗？"

卡妮亚坦然地笑道："不，我有，而且我的珠宝比你的更贵重。"

客人睁大了眼睛："真的吗？快拿出来让我看看吧！"

卡妮亚把两个儿子拉到自己身边，微笑着说："他们就是我的珠宝呀。难道他们不比你的珠宝更贵重吗？"

理解悟语

　　无论什么时候，做父母的都不会一无所有。他们永远拥有着一件最宝贵的东西，那就是自己的孩子。没有什么比自己的孩子更重要，也没有什么比自己的孩子更能令父母感到幸福。父母从来就不怕贫穷，因为有孩子的存在。

没那么多混蛋爸爸吧

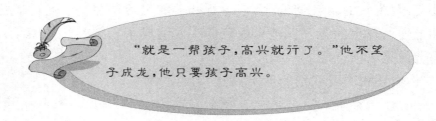

"就是一帮孩子,高兴就行了。"他不望子成龙,他只要孩子高兴。

我觉得说到孩子,所有大人,不管男女,没有什么权利可言,只有义务。而当一个男人对一个孩子履行义务的时候,他是非常感人的。这件事情好莱坞是最清楚的,比如10年前非常走红的片子《西雅图不眠夜》里面的男主角(汤姆·汉克斯饰演)就是一个非常负责任的单身爸爸。

我不记得任何中国电影里面有同样的形象,大部分中国电影中爸爸的形象都不是这样的。比如历代皇帝如何以江山的名义把自己的儿子给杀了,把女儿给送了,这是古代的;还有那种《一江春水向东流》中的男人,为了名利,连自己的孩子都不认的那种男人,这属于现代的;再有就是那种为了事业等等干脆不要孩子的男人,这好像是当代的。在我印象中,似乎所有对孩子好的单身爸爸都是老好人、大面瓜,对孩子好也是望子成龙,只要比自己强就行了;对孩子不好的倒都是些帝王将相、成功人士,似乎男人一恋家就没出息了。总而言之,在咱们这儿,一说到男人跟孩子这事情,大部分都是混蛋爸爸。

其实我们的生活中有好多好爸爸,我就特别喜欢晓平和他儿子的那种关系。我们一直是很能睡懒觉的,但一个月前,晓平居然在周六的晚上非常认真地上闹钟。

"干吗？"我问。

"接乐队。"他说。

"什么乐队？"我彻底糊涂了。

"摇滚的。"

"什么摇滚乐队？"

"我儿子的摇滚乐队啊。"他咧着嘴笑了。

周日早上10点，4个法国学校的孩子从晓平的车上跳下来，每个人手里拿着把乐器，满脸"愤怒青年"的表情，看见我，皱着眉头说了声"阿姨好"，然后迅速转身进了我们家一楼的客房。一会屋子里传来了震耳欲聋的声音，有鼓，有吉他，有贝斯，有人声，但这些声音之间的关系简直是一团糨糊。中午，我看见晓平急急忙忙地开车出去，给乐队买午饭去了。一会回来，拎着两口袋麦当劳。晚上我从外面回来，看见晓平在门口靠在车上听里面乐队的声音，还是一团糨糊，但是比早上有点儿节奏感了。

"你怎么不进去听？"我问他。

"没事，一帮孩子，让他们自己玩儿。"他笑呵呵地点了一支烟。

"那你干吗在外面？"

"待会儿该送他们回去了，我就在这等会儿。"

已经一个多月了，每个周日他都一早把乐队接来，中午去买麦当劳，傍晚再把孩子们都送回去。晓平和我有一帮搞音乐的朋友，大家都说要帮忙，把这4个孩子的声音调好了，训练一下，说不定中国下一个崔健就在我们家客房里练出来了。

"就是一帮孩子，高兴就行了。"他不望子成龙，他只要孩子高兴。

今天早上我出门的时候又听了听，居然有点儿原创音乐的感觉了，当我告诉晓平的时候，他脸上的每条皱纹都笑出了一个父亲的骄傲。

（洪　晃）

理解悟语

大多时候，父亲并不是强迫和专制的，而是给了我们更多属于自己的空间。父亲并不要求我们必须建功立业、名成利就，而是让我们自由地向自己喜欢的方向发展。在这一过程中，我们找到了自己的兴趣，父亲也从我们身上找到了更多为他们自豪的地方。

儿女是父亲最自豪的别墅

> 很多事情，父亲不曾想着是为了别人或自己去做，而只要认为是孩子想他做的，他就愿意不加考虑地为他们去完成。

美女编辑阿红，不知用她婉转悦耳的嗓音打动了多少作者。但有一次，她想邀请著名作家二月河先生为杂志写一篇随笔，却结结实实地碰了几次钉子。

头一回打电话，她以热心读者的身份在电话里大肆恭维二月河的大作《康熙大帝》写得多么气势磅礴，《雍正王朝》更是多么闻名遐迩，并且告知由他的书改编成的电视剧不光是她爸妈还有她小弟更是喜欢得不得了，简直是妇孺皆知。一番话后才抛出自己的真实目的，二月河不吃这一套，婉拒了。

再次挂通电话，阿红以老乡的身份出现，并抬出了二月河的一位老朋友做游说资本。她想，二月河老师至少该给他的老朋友一点儿面子吧！然而，二月河仍对她解释说："太忙，实在是对不起！"

阿红不甘心就此失败，四处搜集情报，最后，想出一个妙招。她用特快专递给二月河正在上高中的女儿寄去了两本样刊，并请小姑娘在父亲面前说几句话。小姑娘翻了翻杂志，十分着迷，就听了阿红姐的话，回去后对父亲说："爸爸，这杂志我喜欢，下期我要看到你的文章在上面。"

三天后,阿红就收到了二月河先生的随笔。

一次和阿红喝茶,她跟我讲了这个约稿的故事,问我:"你们男人是不是都想拥有别墅、小车?"我说:"谁不想,天天奔忙,苦苦追求,还不都是奔那些去的吗?"

阿红说,你错了,做了父亲,比别墅、小车更吸引你。儿女才是父亲最自豪的别墅,二月河是这样,普天下的父亲都是这样。别墅、小车之类的东西都是人生中过眼烟云,没有温度没有形状,没有刻骨铭心的牵念,而儿女才是父亲一生中最引以为傲的作品,她是父亲心跳中最有弹力的一跳,是父亲血液中最温暖的一滴。因为,儿女是父亲最自豪的别墅。

(陈志宏)

理解悟语

可以拒绝别人任何的诱惑和奉承,但不能抵挡儿女一句劝说的话,因为只有儿女才能如此轻而易举地牵动父亲的脉搏。很多事情,父亲不曾想着是为了别人或自己去做,而只要认为是孩子想他做的,他就愿意不加考虑地为他们去完成。

母亲的"存折"

这就是母亲的"存折",里面装着母亲的全部财产,没有一样贵重的东西,但是对我,每一样都珍贵无比。

那天,女儿放学回家,突然没头没脑地问了一句:"妈妈,我们家有多少存款？"

不等我作答，她又继续说道："他们都说咱家至少有 50 万元。"

我奇怪地看着女儿："你说的'他们'是谁呀？"

"我们班同学。他们都说你一本书能赚十几万稿费，你出了那么多书，所以咱们家应该有 50 万吧。"

我摇摇头，说："没有。"

女儿脸上忍不住的失望，她两眼盯着我，有些不相信似的问："为什么？"

"因为……"我抬手一指房子，屋里的家具、电器，还有她手里正在摆弄的快译通，道："这些不都是钱吗？钱是流通品，哪有像你们这样只算收入不算支出的！"

女儿眨眨眼睛，仍不死心，固执地问道："如果把房子、家具、存款都算上，够 50 万吧？"

我点点头。女儿脸上立即绽开笑容，拍手称快道："这么说，我是我们班第三有钱的人了！"

我这才明白她为什么问这个，一定是同学之间攀比，搞什么财富排行榜了。

我立刻纠正她："不对，这些是妈妈的钱，不是你的。"

"可我是你的女儿呀！将来，将来——"女儿瞅瞅我，不往下说了。

我接过话，替她说道："等将来我不在了，这些钱就是你的，对不对？"

女儿脸涨得通红，转过身，掩饰说："我不是这个意思，都是我们同学，一天没事瞎猜，无聊！不说这个了，我要写作业了。"

说完，女儿急忙回自己房间去了。望着她的背影，我若有所思。

没错，作为我的法定继承人，我现在所有的财产，在未来的某一天，势必将属于女儿，这是不争的事实。只不过国人目前还不习惯、也不好意思和自己的继承人公开谈论遗产这样十分敏感的事，而同样的问题在西方许多家庭，就比我们开明得多，有时在餐桌上就公开谈论。我想这主要是因为以前中国一直实行计划经济，一切财产都是国家的。我的父母工作了一生，一直都是无产者，直到退休前才因房改买下自己居住的房子，终于有了自己名下的财产。但是，和我们这些在市场经济环境下生活的子女相比，他们那点儿有限的"资产"实在少得可怜。也因此，我从未期望父母给我留下什么，相反，我倒很想在金钱方面给予父母一些，我知道，他们几乎没有存款。但是固执的父母总是拒绝，没办法，我只好先用我的名字存在银行，我想他们以后总会用上的。

那年春节，我回家过年，哥哥、妹妹也都回去了，举家团圆，最高兴的自然是母亲。没想到，因为兴奋，加上连日来操劳，睡眠不好，母亲起夜时突然晕倒了！幸亏发现及时，送去医院，最后总算安然无恙，但母亲精神大不如前，时常神情恍惚，丢三落四。所以，尽管假期已过，我却不放心走。母亲虽然舍不得我走，但是一向要强的她不愿意我因为她的缘故耽误工作，她强打精神，装出一副精力充沛的样子，说自己完全好了，催促我早点走。我拗不过母亲，只好去订票。

行前，母亲把我叫到床前，我一眼就看见她枕头旁放着一个首饰盒，有半块砖头大小，用一块红绸缎布包着，不禁一愣。小时候有一次趁父母不在我乱翻东西，曾见过这个首饰盒，正想打开却被下班回家的母亲看到，被严厉地训斥了一顿，从此再没见过，不知道母亲把它藏到哪儿去了。我猜里面一定装着母亲最心爱的宝贝。会是什么呢？肯定不会是钱或存折。母亲的钱总是装进工资袋放在抽屉里，一到月底就没了，很少有剩余。最有可能的是首饰，因为祖父以前在天津做盐道生意，家里曾相当有财势，虽然后来败落了，但留下个金戒指、玉手镯什么的，应不足为怪。

我正猜测不解，母亲已经解开外面的红绸缎布，露出里面暗红丝面的首饰盒。她一摁上面的按钮，"叭"的一声，首饰盒开了！母亲从里面拿出一个小绸布包，深深地看了一会儿，像是看什么宝物，然后，慢慢抬起头，看着我，缓缓道："这里面装着你出生时的胎发，5岁时掉的乳牙，还有一张百日照，照片背面记着你的出生时辰。我一直替你留着，现在，我年纪大了，你拿去自己保留吧。"

我接过来，小心翼翼地打开。于是，我看到了自己35年前出生时的胎发，30年前掉下的乳牙，和来到世界100天时拍的照片。照片已经有些发黄了，背面的字迹也已模糊，但依然能辨认出来。一瞬间，我泪眼模糊。我意识到：这就是母亲的"存折"，里面装着母亲的全部财产，没有一样贵重的东西，但是对我，每一样都珍贵无比。

带着母亲的"存折"，我踏上归程。一路上，感慨万千。我知道，和母亲相比，我是富有的，母亲这一生永远不可能有50万元存款了！对她来说，那是一个天文数字，她想都不曾想过。和我相比，女儿是富有的，她一出生就拥有的东西，是我拼搏多年才得到的。但是，女儿却永远也不可能像我一样，拥有自己的胎发、乳牙了。这些记载她生命的收据，让一路奔波的我遗失在逝去的岁月里，再也找不回来了！

（林　夕）

理解悟语

成长的经历只有一次，如果错过了就永远地失去，而母亲总是留心地为子女保留着生命中每一个特殊的瞬间。最值得父母去珍藏的莫过于那印证着孩子成长的一串串脚印，那是他们沧桑岁月里收藏在记忆中常新的相册。

父亲不累

世间的父母都是那样的"傻"，他们最甘愿为孩子受累，但这并不是他们真的不怕累，而是因为他们觉得值得。

那天，父亲从地里挑回一担山芋，倒在地上，正要挑起空箩走，我跑过去一屁股坐进一只箩里，要他挑我到地里。父亲捏捏我的小胖脸蛋，从门口搬来两块土坯，放进另一只筐里，挑起来……于是我在颤悠悠的箩筐里和着父亲哼哼唧唧的小调儿，张开翅膀，飞了起来。

我老远就站在筐里向母亲炫耀，我是想让母亲来和我一起分享我的快乐。不料母亲却阴下脸，骂我不懂事，太不像话："你爹都挑了一天了，不累？"我疑惑地看父亲，父亲向我撇撇嘴、斜斜眼，又笑了笑，摇摇头——哦！他不累呢！我白了母亲一眼，跑向一边捉蚂蚱去了。

回来的路上，扁担在山芋的重压下，发出沉闷的"吱呀"、"吱呀"声。我挥着山芋藤在父亲身后"驾"、"驾"地学着父亲犁田时驱牛的动作大叫着，一会儿又跑到父亲面前做着鬼脸。我想到母亲刚才骂我的话，又求证似的问："爹，你是不累吧……"扁担下的父亲乜了我一眼，挤出一丝笑意："不……累！"我一听，一蹦老高，心里责骂着母亲不懂父亲，"爹不累呢……"

我跑去向一位小伙伴传达我坐在箩筐里让爹挑着的美妙感觉，当然，我没忘了极力向他炫耀我爹不累。小伙伴终于抵挡不住快乐的诱惑，以保证以后不再欺负我为条件，我答应让他也坐坐我爹的箩筐。

父亲正站在水缸边用大瓢咕噜咕噜地喝着井水，我坐进一只筐里，示意小伙伴坐。小伙伴瑟瑟地不敢坐，我怂恿他："不要紧，我爹不累……"父亲走过来，瞪了我一眼，我撅起小嘴，乜着父亲："不是呀？你刚才说了，你不累的，你不累的……"父亲龇了龇嘴："嗯，不累！"就擦擦额头的汗，挑起担子，在纷飞的石子间（我和小伙伴在筐里打着"石子仗"），又走进了夕阳的余晖里……

到了地里，母亲走过来就给了我两个耳刮子，骂父亲："牛啊？累死倒也罢了……"父亲擦着汗憨憨地说："娃子乐呢，不累！"我心里狠狠地骂母亲多管闲事，"臭手要是被蛇咬一口就好了……"

晚上，蚊子的嘴里像是安插了一把开矿的钢钻，插进肉里就绞得人一阵痉挛。我蜷缩在父亲的怀里，享受着他蒲扇挥舞下的那一块无蚊区的安全与宁静。但偶尔，父亲许是偷懒了——蒲扇高高地举起，到了空中却慢慢地停住了。蚊子就抓住这个机会，偷袭了我。迷迷糊糊中的我就在父亲的怀里拳打脚踢起来，嘴里咕咕噜噜地骂着："你不累，还不打蚊子……"这时，父亲就触电般"哦……"一声，蒲扇就跟着夸张

第三辑 儿女是父母最自豪的别墅

地舞动起来。我又模模糊糊地听母亲说:"累了,我来吧……"父亲喃喃地说:"不累……"

如今,我也成了父亲。人到中年,总是有着永远都做不完的事,整日奔波在外,回到家常常连饭碗都懒得端,但还必须耐心、虔诚地面对儿子无休止的各种问题和游戏。一段时间里,儿子喜欢上一种叫"将军骑马"的游戏,一到家,就缠着我和他一起玩。多少次,我精疲力竭、腰酸背痛,但面对儿子可爱的样子,我立时又不觉得累,趴在地上,撑起两手,撅着屁股,儿子耀武扬威地跨在我的背上,挥着鞭子,"驾"、"驾"地驰向战场……

一天,妻子对儿子说:"宝宝,爸爸累了,歇会儿吧……"

儿子这才像是想起了什么,斜过头,像将军对良马的爱抚,用小手揪起我的一只耳朵:"爸爸,你累了?"

我侧起头,见他满脸的失望和沮丧,连声说:"不……不累!"

儿子一听,对他母亲鄙夷地乜了一眼说:"哼,爸爸不累呢……"就"驾"的一声,冲锋陷阵去了……

这时我才明白:男人做了父亲,就不再累了。

(张爱国)

理解悟语

世间的父母都是那样的"傻",他们最甘愿为孩子受累,但这并不是他们真的不怕累,而是因为他们觉得值得,孩子的快乐是对他们的辛劳的最好回报。他们也只是一个普通的人,但为了孩子就有了无穷的力量,有着使不完的劲。

母 爱 如 佛

母亲的微笑会如佛光一样为你映出一片光明，使你对人生萌生希望。不管你是怎样的卑微和落魄，母亲永远是你可以停泊栖息的港湾。

听说过这样一个故事——

从前，有个年轻人与母亲相依为命，生活相当贫困。

后来年轻人由于苦恼而迷上了求仙拜佛。母亲见儿子整日念念叨叨、不事农活的痴迷样子，苦劝过几次，但年轻人对母亲的话不理不睬，甚至把母亲当成他成仙的障碍，有时还对母亲恶语相向。

有一天，这个年轻人听别人说起远方的山上有位得道的高僧，心里不免仰慕，便想去向高僧讨教成佛之道，但他又怕母亲阻拦，便瞒着母亲偷偷从家里出走了。

他一路上跋山涉水，历尽艰辛，终于在山上找到了那位高僧。高僧热情地接待了他。席间，听完他的一番自述，高僧沉默良久。当他向高僧问佛法时，高僧开口道："你想得道成佛，我可以给你指条道。吃过饭后，你即刻下山，一路到家，但凡遇有赤脚为你开门的人，这人就是你所谓的佛，你只要悉心侍奉，拜也为师，成佛又有何难？"

年轻人听后大喜，遂叩谢高僧，欣然下山。

第一天，他投宿在一户农家，男主人为他开门时，他仔细看了看，男主人没有赤脚。

第二天,他投宿在一座城市的富有人家,更没有人赤脚为他开门。他不免有些灰心。

第三天,第四天……他一路走来,投宿无数,却一直没有遇到高僧所说的赤脚开门人。他开始对高僧的话产生了怀疑。快到自己家时,他彻底失望了。日暮时,他没有再投宿,而是连夜赶回家。到家门时已是午夜时分,疲惫至极的他费力地叩动了门环,屋内传来母亲苍老惊悸的声音:"谁呀?"

"我,你儿子。"他沮丧地答道。

很快的,门开了,一脸憔悴的母亲大声叫着他的名字把他拉进屋里。就着灯光,母亲流着泪端详他。

这时,他一低头,蓦地发现母亲竟赤着脚站在冰凉的地上!

刹那间,灵光一闪,他想起高僧的话。他突然什么都明白了。

年轻人泪流满面,"扑通"一声跪倒在母亲面前。

看到这个故事的时候,我的心不禁怦然一动。母亲对于我们每个人来说永远都是伟大的。不能事亲,焉能成佛?在你失意、忧伤甚至绝望的时候,千万不要忘记你身边立着的母亲。尽管她不能点拨你什么,但在你无助无奈之时,她的微笑会如佛光一样为你映出一片光明,使你对人生萌生希望。不管你是怎样的卑微和落魄,母亲永远是你可以停泊栖息的港湾,她的关爱和呵护一样会把你渡上一条风雨无阻的人生之船。

母亲就是那可以毫不犹豫赤脚为你开门的人,母亲拥有可以宽恕你的一切过失的胸怀。

我们苦苦寻找想要侍奉的佛,就是母亲,你想到了吗?

(斯　君)

理解悟语

　　当我们迷失在外的时候,一直守候着我们归去的是母亲。只有母亲才能始终宽容地接纳我们,从不看我们走错的路。母亲永远是我们心灵的归宿,无论什么时候,我们都可以依偎着她,让她给予我们抚慰。

心 之 歌

即使父亲没有说出爱，我们也能细心聆听到他心跳里对我们爱的呼唤，谁也无法阻止他这种爱的表达。

很久以前，一个健壮的男人娶了他梦寐以求的女士为妻。婚后他们生了一个小女孩，小女孩聪明活泼，父亲非常疼爱她。

小女孩还很小时，父亲常会将她抱在怀里，嘴里哼着优美的曲调，带着小女孩在房间里跳舞，并对她说："我爱你，小女孩。"

当小女孩渐渐长大，父亲仍拥抱着她说："我爱你，小女孩。"小女孩则会撅着嘴说："我已经长大，不再是小女孩了。"父亲就笑着说："在我的眼里，你永远都是我的小女孩。"

后来，已经长大的小女孩离开父母，离开家，进入了社会。当她对自己有了更深的了解，也就越加了解了自己的父亲，她意识到父亲是真正健壮而坚强的人，他是那样善于向家人表达自己的爱意，无论小女孩走到世界的哪一个地方，他都会打电话对她说："我爱你，小女孩。"

有一天，已经长大的小女孩得到消息，父亲中风了，并伴有失语症，今后他再不能说话了，甚至听不懂别人的话。他再也不能欢笑、走路、跳舞、与人拥抱或告诉已经长大的小女孩，他爱她了。

就这样，已经长大的小女孩回家看望父亲。当她走入房间，发现父亲已无昔日的健壮，显得格外惟悴而虚弱。男人看到已经长大的小女儿，想要对她说话，却又说不出。

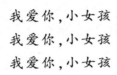

女孩唯一能做的就是来到床边,伸出双臂绕住父亲的臂膀。那一刻,她的泪水夺眶而出。

她将头靠在父亲胸前,想起了很多事情——幼时与父亲共同度过的快乐时光,以及父亲无微不至的关爱所给予她的安全感,而今却都成了回忆,令她悲伤不已。

接着她听到父亲心脏跳动的声音,那里曾蕴藏着多少优美的歌曲与温馨的话语啊!虽然他此刻身患重病,但心脏却仍有力地跳动着,女儿就那样入神地听着。突然,奇迹出现了,她竟从父亲的心脏中听到他再也不能用嘴诉说的话语:

　　我爱你,小女孩

　　我爱你,小女孩

　　我爱你,小女孩

　　……

([美]帕蒂·汉森　译/郑　毅)

理解悟语

　　长大后,我们要飞、要独立,但我们始终冲不出父爱的包围。即使父亲没有说出爱,我们也能细心聆听到他心跳里对我们爱的呼唤,谁也无法阻止他这种爱的表达。

他曾打折我青春的翅膀

让 小 学 生 理 解 父 母 的 100 个 故 事

　　我们年幼,我们执拗,因此去追寻与实现的远程中，我们的想法难免会和父母的想法有冲突。当看到最亲近的人不能互相理解认同的时候，当感觉日爱变成束缚的时候，矛盾带给彼此的伤害显而易见,同时也要艰难地去面对、去解决。

　　其实所有的伤害都来自于偏执、苛求、贬抑、漠视等内心的不满，而不满的形成往往只是因为无法释怀而开放地理解父母。

我和父亲的战争

我端着可口的午饭坐在父亲的床边，父亲趁母亲不在悄悄地对我说："我吃口辣椒。"我用勺子把盘子里的辣椒舀出来，扔掉，盛起一个嫩肉丸子塞到父亲的嘴里，说："你也有今天！"

我和父亲的战争一打就是十几年。

战争的初级阶段写满了我的屈辱。那时，我像一只小鸡被他那双练过举重的、长满肌肉疙瘩的胳膊架起来，被打得呼天喊地。父亲打我的英雄事迹在我们那条街可以说闻之者色变，晚上隔好几栋楼人家也能听见我的哭喊声，不知道的还以为是上饶集中营搬过来了。

父亲本着"不打不成材"的指导思想，问心无愧地殴打着他唯一的亲生儿子。我估摸着如果当时有现场摄像的话，那一定会被列入不可公映的限制级。在我的记忆中，衣架、电缆、皮鞋、皮带、竹竿、球拍……都和我的臀部亲密接触过。而获罪的名目也很多，考试没有考好要挨打、练球不认真要挨打，连吃饭插句话脑门上也要挨一筷子。我整天如履薄冰、战战兢兢。当时还广为流传一个段子，说我到医院看眼科，医生说看书的时候要隔一尺远，我说没法量，我家的尺子是用来打我的。

当然，哪里有压迫哪里就有反抗。我曾经用毛笔在报纸上歪歪扭扭地写了"打倒法西斯"贴在父亲的办公室。这体现了我自幼就有谦谦君子的风度，动口——不，动笔不动手，那时我还没有胆大到敢当面动口的地步。最让我感到屈辱的还不是皮肉之苦，这源于从小父亲就给我讲《红岩》的故事。最窝火的是每次行刑完毕，父亲都要瞪眼呵斥："知道错了没有？"我只得声如蚊蝇地回答："知……知道了。"父亲还给我讲过韩信受胯下之辱和勾践卧薪尝胆的故事，让我佩服不已。于是乎，我每挨一次打就在日历上画一个圈，大有结绳记事之意。毛主席说世界归根到底是我们的，我从小就会用辩证发展的眼光看问题，料定了战争的最终结局。

我上初中以后战局开始有了转机，虽然挨打，但我方气势十足已是输阵不输人。每每开战，必是我先断喝一声："不准打人！"常常是话音未落就先吃了一耳光——我挨打是有经验的，巴掌下来时顺势将头一甩，拿捏得就好像指甲在脸上挠痒痒。我不喜欢上课，不喜欢做作业，但这并不代表我不爱学习。王朔在《动物凶猛》里面说："我们心安理得地在学校学习那些将来注定要忘记的东西。"我就比较幸运，我初中学的东西至今以至将来都不会忘记。语文教师时常拿我的空白作业本和上课时偷看的《诗词格律》去父亲那里告我的恶状，这时父亲是很开明的，回来又把书还给我。但是，每到考试结束，父亲就觉得脸上挂不住，少不了一顿饱打，之后的一段时间里自然是动辄得咎。我在初中的时候已经长得腰圆膀粗，严刑拷打视若等闲，棒子培养了我棒子一样直通通的臭脾气，父亲大人有时心情不顺施刑于我，我一脸大义凛然，自以为没有错就绝不认错，常常气得父亲吃头痛药。

印象中上高中以后就没有挨过打了，也许是因为父亲要仰起头打我不很方便，也许是因为我还能一把抓住他扇过来的巴掌——我常做此遐想，过瘾得很。

我们采用了实力较为均衡的较量，就是吵架。在吵架方面，父亲的优势是嗓门大，而且有一种毫无根由的居高临下感；我的武器则是三段论。譬如高二选择文理科，父亲一直坚持要我读理科，理由是莫须有的。我的反驳推论如下：

大前提：聪明而且感兴趣的人读文科绝对可以在人文领域开疆拓土，其成就绝不比读理科差。

小前提：我符合聪明和感兴趣的条件（这一点父亲不能推翻）。

结论：我当然可以而且必须读文科。

我就这样一次又一次在或大或小的战役中一点点地收复失地。当然，父亲的抵抗从来没有退缩过，他是中文系的研究生，读过圣贤或非圣贤的书，这使我们之间的战争有了些文化含量。我们常常在吃饭的时候争得脸红脖子粗，然后两人一起丢下饭碗各自冲进自己的寝室。我和父亲各有两个书橱，一阵哗啦哗啦拉开玻璃门的声音之后，我俩各持一卷冲杀过来。我在历史方面不如父亲，不过有些东西我个人偏执地认为不知亦不为耻。父亲的劣势在于知识构成过于单一，对方位上偏西方和年代上偏当代的东西近于无知，而且理论基础薄弱，这让我有了耀武扬威的天地。有一次，父亲在饭桌上说起余杰骂余雨秋的文章，一边摇头作惋惜状一边感叹："蚍蜉撼大树，可笑不自量！"父亲是喜欢余秋雨的，但他不知道他的儿子当时是余杰狂热的崇拜者。我问："你有没有看过余杰的书？"父亲说没有。我说："没有看过就不要乱说！"得胜的感觉至今想来不胜快哉。

吵架之后，以笔为枪以笔为矛的战斗方式一直延续到现在。最有戏剧色彩的战役是我和父亲问题相竞，结果两篇文章发表在同一报纸的同一版面上；拿着同一天寄到的同一数目的稿费，我们互相得意地对望一眼。以至我现在在外求学，父亲常寄他发表的文章给我以示挑衅。

我是暑假到家才知道父亲原来已经病重卧床多日。父亲见我劈头就是："这半年读了什么书？稿件全部拿出来！"我一边打开包摸出厚厚的一沓稿件递给他，一边说："凶啥子凶！你现在这个样子还能打赢我？"父亲说："来嘛！你还嫩得很！我当年练举重的时候……"母亲在一旁默默地看着血压计，笑了。

我端着可口的午饭坐在父亲的床边，父亲趁母亲不在悄悄地对我说："我吃口辣椒。"我用勺子把盘子里的辣椒舀出来，扔掉，盛起一个嫩肉丸子塞到父亲的嘴里，说："你也有今天！"

（杨昊鸥）

父亲的教鞭，并不完全是我们痛苦的回忆，它更像是蜂

蜜,使我们的成长旅途充斥着甜蜜与快乐。父子的较量,可以是彼此的阶梯,让双方互相攀升着进步。当这样的"战争"也成了默契,原来父子间的感情已经在不知不觉间日趋笃厚。

仇 人

我的出生,是为了爱他;他的存在,是为了爱我。如果真的还有来世,那么下一世我还要做他的仇人。最后,我想说,树欲静而风不止,子欲养而亲不待。

某作家说父亲和儿子前世是仇人。这话,我信,而且,毫不怀疑。
我和他就是这样,见面就吵。他嫌我不争气,我怨他没本事。我很怀念小时候,那时自我意识没觉醒,傻啦吧唧的,谁的话都相信,看父亲更像仰望一座高山,崇敬之极。父亲呢,更是把全部心血都浇在儿子身上,儿子是他理想的转化与再生。父慈子孝,其乐融融。可再大些,大约七八岁吧,就不行了,我顽劣刁横的本性渐渐显露,对父亲不再唯命是从,顶嘴抬杠成了家常便饭。有一次他气极了,抓起一根做柜子用的木棍便向我抡过来,我用手臂一挡,"咔"的一声木棍断为两半,随之,鲜血也顺着衣袖淌下来……我没动,也没哭,只是直直地站在那儿,瞪着他,他没吭声,往旁边一坐,扫烟去了。我依然站在那儿,死盯着他,直到母亲跑过来,紧紧地抱住我……那时候,我觉得,和他是仇人。小时候做梦,和他打架,不,是和他打仗,我带一班人马,他领一支队伍,你死我活地拼杀,醒来时,却是泪流满面……

春节前几天,他从医院里治病回来了。他明显地瘦了许多,脸很黑,头发跟蒿草似的,又脏又乱,他虚弱得很,走路时一摇三晃,说话也很吃力。我为了庆贺他回来,便做了一只塑料孔雀,他看也没看,抓过来一把扔了,说我不好好看书,尽弄些乌七八糟的玩意儿……那时候下着雪,院子里一片灰白,我呆在那儿,头扭向窗外,他坐在床上叹气,母亲在堂屋里低声抽泣——那时已是晚上,没人做饭,没人烧水——那时别人家已在脆脆的爆竹声里迎接新年的到来了,我望着飞舞的雪花,望着灰暗的天空,泪流满面……

　　升高中时,我失败了,他气得捶胸顿足,见了我就骂。吃饭时他往往是扒上一两口便把碗扔了,吓得啄食的鸡呼地跳了起来。那个夏天的太阳很毒,他却蹲在烈日下,一蹲几个钟头,留下一堆冒着火星的烟头……第二年我又考了一次,而且考了一个很高的分数。他乐坏了,整天笑哈哈的,那一个月,他真的很幸福。

　　然而,快乐是短暂的。

　　我也许真的是他的仇人,我一上高中便把他气坏了。因为我把大部分生活费都扔进了书店老板的抽屉里。

　　他那时身体已大不如从前,可为了我,还是没日没夜地干,有时直干到天明。冬天的夜很冷,可他还得抄起斧头去敲那些高高低低的柜子、椅子。有一阵子他病了,可仍不歇着,结果不小心给电刨削去了半截大拇指……

　　可我终究让他伤透了心。当发现我把几千块钱换成了一堆一堆的小说和散文时,他气得要命。而我不服,他气得要去跳井,妈妈把他硬拉了回来。我明知自己错了,可依然嘴硬,还没良心地说他把钱看得比我重要。他一听这话,就再也不吭声了,抓起桌上一瓶白酒便猛灌下去,然后一抹嘴,红着脸倒头便睡。半夜里,他难受得很,便吭哧吭哧地下了床,跟跟跄跄地向院子走去。我看到他一歪一歪地,没走几步,便蹲下来,难受地吐了起来!那时候下着雪,雪花在昏黄的灯光下轻轻地飞舞,它们轻轻盈盈地落在他身上,他只穿着薄薄的秋衣和秋裤,一只拖鞋被甩到了远处,他长一声短一声地呻吟,嘤嘤嘤嘤地不知说些什么。然后他开始哭,先是轻轻抽泣,后来便放声大哭——那是冬天的深夜里,那是春节前的一个夜里啊!我看到远处爆竹放出的亮光,听到那些悠远而浑厚的声响,再看看他,我不知该做什么,只是流泪……

后来我读到贝克莱的剧本,其中有一段:"儿子:混账,你为什么要生下我?""父亲:我不知道!""儿子:你不知道,你不知道什么?""父亲:我不知道我为什么会生下你!'

读这些文字时,我心里开始隐隐作痛。父亲与儿子的关系是永远无法改变的,就像地球绕太阳转一样真实。我想我知道父亲为什么会生下我,也许,前世我们是仇人,所以,才会有我们今世的争吵与伤心!可是,今世,我是他儿子,他是我父亲。

我的出生,是为了爱他;他的存在,是为了爱我。如果真的还有来世,那么下一世我还要做他的仇人。最后,我想说,树欲静而风不止,子欲养而亲不待。现在是春天,我不能错过,因为,一旦错过,就再也没有鲜花盛开的季节。

我想让他知道,我爱他,胜过爱我自己。

(刘彦杰)

理解悟语

父母的苦心成了我们的苦药,往往使我们洒一把苦泪。但这种爱不应该成为我们恨的理由,因为我们没有借口可以否定他们对儿女与生俱来的爱。即使我们再"苦",其实也抵不过父母心中的痛。

我与父亲的八年冷战

不跟父亲说话之后，他不再管我，也不打我，也不理我吃不吃肉。这时，我故意在吃饭时老夹肉吃，大口地嚼，吧唧吧唧的，装作吃得很香的样子，气他。

我从小在父亲的棍棒下长大。从14岁那年的某一天开始，父亲就再也没有打过我了。因为，那一次，父亲的一顿暴殴，让我手臂鲜血直流，我愤然离家出走了一天。第二天，我又累又饿，特想回家，就设计了一个巧合，故意让母亲找到了我。之后，我没有再跟父亲说过一句话，整整八年。

记不清挨了多少打，反正，打过了还是老样子，想玩就玩，哥们儿一叫就结帮打架，被老师赶出教室就整天在街上混。这些事情总是很快就败露了，所以总挨打。有时也不打，父亲用要我吃肉这种独特的方式惩罚我。虽说那时吃肉的时候并不多，但我一吃肉就条件反射式地呕吐，因此父母怀疑我那超瘦型的身材与我长期只吃青菜有关。犯了事，要是家里有肉的话，父亲就跟我谈条件，用三块肉换一棍子，不许吐，我装作不同意，每吃一块就努力地扮演很痛苦的表情。父亲就说，那就一块肉换一棍子吧，我依然表情痛苦无奈地同意了。后来我吃肉已经不反胃了，甚至觉得还有几分可口，但仍然装出很痛苦的表情，让父亲不挥舞棍棒也得到惩罚我的快感，让他以为达到了教育我，又补充了我的身体营养这一无比高明的目的。

不跟父亲说话之后，他不再管我，也不打我，也不理我吃不吃肉。这时，我故意在吃饭时老夹肉吃，大口地嚼，吧唧吧唧的，装作吃得很香的样子,气他。我用眼角余光偷看他的反应,开始他很吃惊,接着就面无表情,专心吃他的饭。我知道他也在装,心里肯定气得要命。可是后来他却常常三更半夜出去,天大亮才回来,回来时手里总提着一点儿肉,让母亲做汤给我喝了才上学——原来他大半夜都在食品站排队买肉。可我依然没跟他说话。

　　我15岁那年考大学,没考上像样的学校,在家门口上的学,令他这个名牌大学的毕业生感到很丢人。我们之间依然在冷战。19岁我大学毕业,工作了,虽说我们厂有三千多人,只有包括我在内的三个大学生,但我还是混,整天打麻将、下围棋,不思上进。父亲还是冷着脸,我们还是不说话。21岁,我混厌了,也觉得这样下去不是个事,于是就背英语单词考研。家里不声不响地多了几本大部头的英文词典。我知道是父亲所为,我想对他表示一下,却无从开始。考研一举成功,而且是北京的一家名校。父母都很高兴,母亲买了好酒做了好菜,父亲吃了喝了,我也吃了喝了,两人也不交谈,都只跟我妈说话,也都不说我考研的事。那天准备去火车站,母亲给我收拾的大包小包在地上搁着,父亲扛起就走,我只得一路小跑跟着。他上了公共汽车,我也跟着上,他买了我们两人的票;他下来,我也跟着下,依然没有一句话。我看着他扛着行李的高大背影,却竟有几分佝偻——我才想起来,他已经有五十多岁了。在月台上,父亲放下行李,头扭在一边,眼睛看着别处,挺专心的样子。我看着他,等他回头看我时,我就叫他爸,可他一直不回头。我发现他的两鬓居然斑白了——我不知道自己多久没有认真看过他一眼了。想想自己的忤逆,心里产生了一种内疚的感觉,有一种咸腻的东西涌出眼角,我艰难地说了声　爸,您回去吧。父亲没有反应,没扭过头来。站台上人很多,很嘈杂,我怀疑父亲没有听见。我又说了句,爸,您回去吧。他扭过头,看着我,那是我们八年来第一次对视,我分明看到他眼眶湿了。他点点头,两颗泪珠掉在他那厚厚的镜片上。他伸手拍拍我肩膀,没说一句话,却站着不动。我们就这样站着,没有再说一句话,一直到我上车,他从车窗外给我递完行李,还站着。我的泪止不住地往下滴,他的眼眶也一直湿着。火车开了,他还站着,一直到我看不见他。那次,他拍我的肩膀,是八年来我们第一次亲密接触。

现在父亲已经 70 岁,腿脚也不灵便了。但话多,比以前任何时候都多。我回家时,我们父子俩有说不完的话,天南海北,古今中外,家长里短,无所不谈。而我成长中的许多细枝末节,更是他津津乐道的事。那一天,他感慨地说,那时我老打你,真不对,简单粗暴,教育方法有问题。我说,是我不学好,打还是应该的。要是黑子(我儿子小名)像我小时那样不长进,我会比你打得还凶。父亲笑笑,说,那他会恨你。我说,那不要紧,只要儿子学好,成才,就由他恨去吧。我母亲就在一边笑,很欣慰地。而 6 岁的黑子在一旁撇嘴,哼,打我?你敢!我到法院告你去!

(玉如意)

理解悟语

年少无知的我们总是不懂家长严厉的爱,因此,我们的不理解就成了父母的不知所措,结果使双方陷入持久的僵局。但亲情总能经得起时间的考验,我们终将明白,原来父母给予我们的爱从来没有减少过,即使在沉默中,他们也在偷偷地为自己的孩子付出着。

他曾打折我青春的翅膀

我终于明白了父亲的苦衷,在那个起伏的艰难岁月里,没有了爱人的他肩负着生存和培养子女的双重压力,将爱深深地沉入了心底。

14 岁那年,我读初二。

5年前，母亲没了，父亲只关心他的田地，在他的眼里，我是一个可有可无的人，一日三餐把我喂饱就算完事。没有人对我好，没有人教我眼前的路该怎么走，我就是在这样的环境下一步步学坏的。我开始和街道上一些痞子混在一起，拦路挡截女孩子、打架斗殴，干尽所有坏事。父亲除了对我动粗外，毫无办法，也许，他根本就不想真正管我！

暑假里，我偷村子里的西瓜。我被大家封为"带头大哥"。晚上，看瓜人熟睡后，我和几个人把他连同凉床一起抬到了河边。等我们得手后，故意大声叫："偷瓜，有人偷瓜！"看瓜的人从床上跳了起来，随后便滚进了河里……结果，看瓜人找到了我家。

那次，父亲边打边问我，是不是还想吃瓜？动静大到惊动了大伯。大伯跑过来，一把夺走父亲手中的鞭子，说，你打他有什么用？要教育！父亲说，我把他给废了，省得长大了害人！被大伯解救下来后，父亲又罚我在堂屋里跪了整整一个晚上。

我抓蛇放到女生的书包里，我用石头砸别人家的玻璃……类似的事情经常发生，有人告发，父亲逮到了，就打我，朝死里打。我性格很倔，站在那里任由他打，我越是不哭、不逃，他就越打得厉害。

父亲成了我的仇人，我真是恨他。他从不管我的学习，总是让我请假，让我跟在他后面一起干农活儿。晚上不管我有多劳累，他都强行命令我把落下的课补上。他种了十几亩田地，从不肯花钱请人帮忙，我就是他的长工，随叫随到的免费长工。

可以想象，我的成绩该是何等的糟糕，除了语文老师欣赏我外，没有哪个老师愿意正眼瞧我一下。村里人都劝父亲，你家的那个"小倔头"读书完全是浪费，父亲说能认几个字认几个吧，反正也没对他抱什么希望！

他们的话一点儿不假，初中的时光很快就过去了，同村的一个上了高中，一个上了中专。接到通知书的时候，他们把爆竹放得噼里啪啦地响，我伸出头想去看看，父亲对我吼道："去把田里的犁扛回来，你这个废物！"

在义乌打工的堂哥叫人带回了信，让我去他那儿，说一天能挣好几十块钱。我问父亲，他狠狠地瞪了我一眼："打工能打一辈子？"

田里的秧还没有插完,父亲对我说,你把它们插了,我出去有点儿事情,回来要是还没有弄好,我打断你的腿。傍晚的时候,我在塘埂上洗脚,看见父亲帮大队书记家挑稻子,我就更瞧不起他了!大队书记有一个离了婚的妹妹,村里人传言父亲对她有那么一点儿意思,想跟人家好。

但这次我错怪了父亲。大队书记有一个亲戚是省城某报社的记者,父亲是想托他帮忙,让我跟着他学习采访。后来,我从以前的语文老师那里了解到,我中考落榜时,父亲找过他,问,我能做点儿什么事情,老师说,他文笔不错,兴许能当一个记者。

忙完农活后,父亲带着我和两只老母鸡去省城找那个"记者"。"记者"在看过我写的一些文章后,摇了摇头说,不好办啊!父亲说,你再想想办法,"记者"说,办法也不是没有,只要你能帮我在你们那完成3万元的报纸征订任务,我就让你儿子跟在我后面当记者。

对于一个偏僻的、没有几个人有读报习惯的小乡镇来说,3万元几乎是一个不可能完成的任务。回来的路上,我说算了吧,我不稀罕当什么记者,他就对我破口大骂:"混鬼,你就继续混下去吧!"说着就给我一脚。

父亲开始拿着报纸,到镇上挨家挨户地请求别人订报纸,他一个大字不识的人竟然在别人面前把报纸的内容说得头头是道。

但收效甚微,他只订出了几百块钱的报纸。父亲把家里能卖的东西都卖了,然后东借西凑,凑齐了3万元。那一年,每到月末,家里的桌子上都堆满了相同的报纸。

我终于可以跟在"记者"后面采访了,进去才发现,其实他根本就不是什么记者,是报社临时聘用的一个编外人员,以拉广告、搞发行为主。

在省城混了两年后,我回家了,两年中我什么也没有学到。父亲就让我参加自学考试。我说,我就跟你一样,种地吧。父亲抢起手掌来打我,我一抬手就接住了,父亲就愣在那里:"你翅膀硬了,敢还手了?"他再抬手,我说,我学还不行吗?那一刻,我发现眼前的他已经不如以前健壮了,他的手都有点儿枯槁的迹象了。

我在省城打算和别人合伙投资办公司的时候，向他借点儿钱，他死活不愿意，说，我一个种庄稼的，攒下的那点儿钱是用来防老的，你别打我的主意。我前脚一走，他后脚就把钱放高利贷了，我气得不行。

　　我买房子的时候，他托人送来了三万多块钱，来人说，这是你父亲放高利贷的，连本带利都在这里了，当初放给我的时候，他就说这是留给你买房子的，谁都不能动，好歹我以两头黄牛作抵押，他才给我的……

　　我一时无语。

　　我结婚时，婚礼基本上是女朋友家人帮着筹备的。结婚的那天，父亲是最迟一个到的，背着一麻袋的蔬菜、猪肉和香油。他说来早了，也帮不了什么忙，反倒会碍事。婚礼宴席上，父亲是要上台讲话的，他哆嗦着双手，把话筒拿得老远，现场很吵，他又不会说普通话，没有人听清他说的是什么，只有离他很近的我听清了，他说："娃的翅膀被我打折过啊，我对不住他。"这是二十多年来，我第一次听父亲对我说软话，我的眼泪一下子就冲出了眼眶。

　　我终于明白了父亲的苦衷，在那个起伏的艰难岁月里，没有了爱人的他肩负着生存和培养子女的双重压力，将爱深深地沉入了心底。

（徐立新）

理解悟语

　　有时候，父母的爱是笨拙的，它会把孩子弄得"伤痕累累"，甚至使得孩子恨自己。但父母永远愿意扮演这种愚蠢的角色，即使被误解，也要为孩子不惜一切，假装破灭孩子的梦，其实也只为成全孩子的另一个理想。

后母的三巴掌

我哭了，不是因为屁股疼，而是在我理解后母一片心血之后感动得哭了。我在内心发誓："等我会写文章时，一定先写后母。"

从6岁至今，跟后母一起生活了30年，烙在我骨血里磨不掉的是后母印在我屁股上的三巴掌。

第一巴掌是我8岁那年夏天，我同伙伴从卖甜瓜的老头儿筐里偷了一只甜瓜，跑回家躲在街门后头吃。

"哪来的？"后母看出不对劲儿了。

"偷的。"我还觉得挺得意，挺能耐。

"啪！"后母二话没说，把我拽过去照准屁股就是一巴掌，又响又干脆。疼得我腿肚子直转筋，咧开嘴半天没哭出音来。

"做贼！与老鼠一个祖宗！恨死人！把瓜扔了！不许吃！给，给老头儿送钱去！"后母那严酷的表情是我从没见过的，我怕极了，不敢哭，接过两毛钱扔了瓜咧着嘴给卖瓜的老头儿送钱去。

从此，别人多稀罕的东西都没动过我的心。

第二巴掌是我10岁那年。

要过年了，父亲交给后母一沓钱说："准备过年，再给二小买几袋奶粉，别光喝炒面糊糊了。"

二小是我刚出生的弟弟，后母没奶水，老喂他炒面糊糊。

我看见后母将钱压在炕席底下。

"阿巧，"前邻居二奶奶一大清早叫开我家门，喘着粗气在院子里跟后母说话，"章媳妇要生孩子生不出来得送医院，你手头有钱不？"

"有。"我听见后母只说了一个字便往屋里跑。钻在被窝的我赶紧把席底下的钱换了地方。

"嗯？"后母揭开席一怔，"兴许是他爹又换了地方了，你先送人上医院，我去找他爹，随后给你送去。200块整。"

二奶奶小跑着走了。我神秘兮兮地把钱给后母看："过年呢，不借给她。"

后母二话没说，一把把我从被窝里薅出来，照准屁股"啪"就是一巴掌，疼得我直蹦高，她却夺过钱跑出去了。

"小孩子家的，不学礼数，谁还能没个病灾的。等自己陷在坑里就找不着道儿了。"后母回来后并不哄我，还瞪着眼训我。

父亲知道了，说该把屁股打碎。

从此，"帮"字在我的理解里有了深刻而特殊的含义。

第三巴掌是我 14 岁那年。

我考上了县里的重点初中，但吃住自理，家里负担不了。

"我不上了，帮娘喂猪吧。借钱求人多难。"我吃饭时说。

后母二话不说，把我揪起来照准屁股"啪"就是一巴掌。疼得钻心，但我没哭，因为我稍懂人事了，知道听后母巴掌后的教训才重要。

"一指头年纪，还没见事就先低头！抬起来！不念书，大了能中屁用！我去求人借，还用你费心！再有这想法眼睛抠出来喂猪！"

我哭了，不是因为屁股疼，而是在我理解后母一片心血之后感动得哭了。我在内心发誓："等我会写文章时，一定先写后母。"

理解悟语

　　父母的教训永远是那么中用，也是那么令我们刻骨铭心。在我们迷失自我的时误，是他（她）在耳边告诉我们哪里才是我们的方向，什么才是我们应该选择的。父母就是这么一部词典，一直帮助我们学习成长。

一段留错言的电话录音

> 我那个留错了言的电话，就这样轻易融化了横亘在我和父亲之间的坚冰。然而，我不敢跟父亲说明电话里那段留言的真相。

那一年，大学毕业后等待了很久我也没能找到理想的工作。后来，我看到很多同学都一个个欢天喜地上班去了，焦虑的我开始把自己的一切不如意都迁怒到了爸爸身上。我气愤地指责爸爸没有一点儿用，整天就知道弄点儿酒，在一日三餐前满足地抿上几口，根本就不知道关心我，他那么窝囊的样子，难怪我会找不到工作。

那天父亲对我这样没大没小的指责大发雷霆，我从来没有见过父亲生这么大的气。不过，我也毫不示弱。这么多天来我的肚子里早就憋了一团火，现在，父亲的生气只不过是帮我拧开了这个气门芯而已。我对父亲没头没脑地大吼一顿后，就扔下他头也不回地从家里搬了出去。

在离家不远的另外一个城市里，我租了一间七八平方米的小房子，然后仍然四处出击，去参加各种人才交流会。我知道，以后，我别想再指望我那个一点儿用处都没有的父亲了，未来的一切我只有依靠自己了。走在飘满落叶的陌生城市里，我又想起因病过早去世的母亲，不禁流下泪来，如果母亲仍然在世上活着，就会有人惦记着我、关爱着我了。

一天，我上商店里买了一箱方便面，准备做未来一个星期的口粮。

正垂头丧气地抱着那箱方便面往租住的小屋里走去,忽然听到身后有人叫我的名字。回头一看,是我上大学时睡在下铺玩得最要好的一个哥们儿。他兴奋地一掌拍在我的肩膀上,说,嘿,小子,毕业后玩失踪呀,怎么连个手机也不买呀,我打电话到你家里,伯父说他也正满世界地找你哩。我惨笑道,你看我这穷酸得连饭钱都没有了,哪还有钱去买手机呢?想起他说我父亲正满世界地找我,我有点儿疑惑,想,他会满世界去找我吗?

那天在我那个同学的引荐下,根本没费什么工夫,那家公司就答应录用我。晚上,我拉着他下了馆子,一定要用手中剩余不多的钱请他撮一顿。

最后,我俩都醉了,相拥搀扶着走在那个城市昏黄的路灯下。我忽然想应该把我的高兴分享给我的女朋友,我曾经发誓,如果我找不到工作,就绝不跟她联系。我对同学说,把你的手机拿来让我用用,我要打电话。我那个同学边掏手机边问,给谁打电话?我说,废话,这时候还能给谁,当然是我最亲爱的人了。我接过他的手机,结果两眼发昏,那一串按键总是让我按错,我把手机递给他,头脑依然清晰地说,我……我喝高了,你替我拨打她的号码。

我的女朋友是我们上大学时的同班同学,我这个下铺的兄弟当然清楚我们亲密的爱情了,他也知道她家的联系方式。他按下一串号码,然后把手机递给了我,电话通了,那边却没有人接,我正疑惑,这么晚了她能上哪儿去?电话那端却传来了系统录音提示的声音,你好,这是录音电话,有事请留言……什么时候她家的电话开通了录音功能?我按照系统的提示说明,借着酒意对着手机声音温柔地说,你好,是不是还没睡觉,我这边你不用担心了,我已经找到了工作。天气就要变凉了,出门的时候记着要多加些衣服,你不知道这些天我是多么的想你,可咱们在一起时我还曾没心没肺地和你吵。希望你能原谅我那时的心情不好,这些天我总是梦见你,你不知道我是多么想立刻地见到你啊!我一边说,一边拿眼睛偷偷地看着我的那个同学,我怕说出什么肉麻的话来让他见笑。可是,奇怪的是,以往总是喜欢嘻嘻哈哈的他此时却安安静静地看着我,没有一点儿嘲笑我的意思。我慌忙把电话挂上了。

想不到，第二天一大早，我还没起来，父亲却来到了我租住的那间小屋。在他身后，跟着我的那位同学。父亲见到我眼泪就出来了。我的那位同学说，看你昨晚的电话留言说得那么煽情，当时我都感动了。伯父说昨晚回家听了你的留言，根据来电显示打了我的手机，想不到他连夜拦了个车就跑来看你了，早上我手机刚打开，他的电话就又来了。我莫名其妙，怎么，昨晚我的留言不是给我的女朋友的？我疑惑地看了父亲一眼，却分明看到他脸上布满沧桑，稀疏的头发里夹杂着丝丝白发，父亲是那样的憔悴，半个多月不见，他分明衰老了许多。我突然明白了，昨晚，我告诉同学说要打给最亲爱的人的电话，我想的是女朋友，他想的却是父亲呀。

父亲又是高兴又是流泪，说，儿子，爸对不起你，爸老了，不中用了，工作上只会着急却一点儿也帮不上你。我不该整天喝闷酒，想你去世的妈妈，爸知道你想我，可爸更想你呀。你离家出走的这些天，爸每天都要四处寻找你，爸知道你会给我打电话的，爸怕错过了你打电话，就开通了来电显示和录音功能，这不，爸一接到你的电话就立刻来看你了……

我什么都明白了，一下子扑到父亲的怀里，父子俩抱头痛哭。

我那个留错了言的电话，就这样轻易融化了横亘在我和父亲之间的坚冰。然而，我不敢跟父亲说明电话里那段留言的真相。后来，因为工作上的事，我经常天南海北地跑，父亲总在家守着那个电话，家中那部电话的来电显示和录音留言功能他一直没有取消。父亲说，他怕错过任何有关我的信息，我那天晚上那一段留错了言的电话录音，父亲一直舍不得删去。他说，每当他想我的时候，他就把我那段电话留言再放一遍听听……

（马付才）

理解悟语

亲情始终是我们心灵深处最重要的情感，亲人面前，我们不得不承认我们要"屈服"，即使再顽固，我们也会被亲人一句充满爱意的话语所融化。再没有其他可以比亲人之间的爱更能把人的心紧拉在一起，让彼此不离不弃，相互牵挂。

母爱的力量

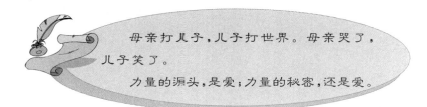

母亲打儿子，儿子打世界。母亲哭了，儿子笑了。

力量的源头，是爱；力量的秘密，还是爱。

他母亲是在 40 岁的时候生下他的。小时候，他身体不好，多病。为了壮筋骨，母亲让他去学拳击。

他因此变得不乖，常常惹是生非。

母亲几乎天天打他，而且是边打边哭。

20 岁那年，他得了第一个冠军。第二天，他又干了一件事，在公交车上把一个霸占"孕妇专座"的男人打得头破血流……

母亲按惯例举起拐杖打他，他照旧老实地跪着认错，但这回，他哭了，第一次在母亲的棒打下哭了！

他一点儿也不疼，所以哭了，是因为他突然发现母亲已苍老得再也打不疼他了，虽然她是那么竭尽全力，气喘吁吁地打！

在最后一次告别赛中，他反败为胜，震惊拳坛。接受采访时，他说，母亲是他永远的楷模，甚至会赋予他神圣的力量。当他倒下，裁判在旁边读秒时，只有一个声音可以让他爬起来，那就是母亲的话。

问他，母亲的哪一句话最让他难忘。他说："打死你！"我禁不住笑了，多么亲切而沉痛的一句中国母亲的口头语呀！

母亲打儿子，儿子打世界。母亲哭了，儿子笑了。

力量的源头，是爱；力量的秘密，还是爱。

（罗　西）

理解悟语

　　打和骂,有时是父母给予子女爱的一种特殊方式。打引起的疼痛也是一种鼓舞,反而给了我们坚持的力量。情愿承受父母的鞭笞,因为我们每个人都需要这种独特而深厚的爱,哪怕用的是我们自己和父母的眼泪来换取的。

有爱不觉天涯远

让 小 学 生 理 解 父 母 的 100 个 故 事

　　父母对孩子的爱如生命长河里的泥沙，在不断地被冲刷中，渐渐沉淀，直至融入生命的最底层。在生命的记忆里，父母之爱是最温馨、最值得回味的部分，让人难以忘怀。

　　虽然天各一方，然而，爱的海洋汇集的是爱的心。这种爱包含着思念的苦涩，又包含着牵挂的甜蜜。

想我的母亲

很多时候，母爱是一种能带你走出困境，战胜困厄的力量。母亲会用她们的生命去呵护孩子的幸福，哪怕再累再苦，在孩子面前，也一样笑靥如花。

父母对子女的爱，子女对父母的爱，是神圣的。我写过一些杂忆的文字，不曾写过我的父母，因为关于这个题目我不敢轻易下笔。小民女士逼我写几句话，辞不获已，谨先略述二、三小事以应，然已临文不胜风木之悲。

我的母亲姓沈，杭州人。世居城内上羊市街。我在幼时曾侍母归宁，时外祖母尚在，年近 80。外祖父入学后，没有更进一步的功名，但是课子女读书甚严。我的母亲教导我们读书启蒙，常说起她小时苦读的情形。她同我的两位舅父一起冬夜读书，冷得腿脚僵冻，取大竹篓一，实以败絮，三个人伸足其中以取暖。我当时听得怵然心惊，遂不敢荒嬉。我的母亲来我家时年甫十八九，以后操持家务尽瘁终身，不复有暇进修。

我同胞兄弟姊妹 11 人，母亲的煦育之劳可想而知。记得我母亲常于百忙之中抽空给我们几个较小的孩子们洗澡。我怕肥皂水流到眼里，我怕痒，总是躲躲闪闪，总是格格地笑个不停，母亲没有工夫和我们纠缠，随手一巴掌打在身上，边洗边打边笑。

北方的冬天冷，屋里虽然有火炉，睡时被褥还是凉似铁。尤其是钻进被窝之后,脖子后面透风,冷气顺着脊背吹了进来。我们几个孩子睡一个大炕,头朝外,一排四个被窝。母亲每晚看到我们钻进了被窝,唧唧喳喳的笑语不停,便走过来把油灯吹熄,然后给我们一个个的把脖子后面的棉被塞紧,被窝立刻暖和起来,不知不觉地就睡着了。我不知道母亲用的是什么手法,只知道她塞棉被带给我无可言说的温暖舒适,我至今想起来还是快乐的,可是那个感受不可复得了。

我从小不喜欢喧闹。祖父母生日照例院里搭台唱傀儡戏或滦州影,一过八点我便掉头而去进屋睡觉。母亲得暇便取出一个大簸箩,里面装的是针线剪尺一类的缝纫器材,她要做一些缝缝连连的工作,这时候我总是一声不响地偎在她的身旁,她赶我走我也不走,有时候睡着了。母亲说我乖,也说我孤僻。如今想想,一个人能有多少时间可以偎在母亲身旁?

在我的儿时记忆中,我母亲好像是没有时候睡觉。天亮就要起来,给我们梳小辫是一桩大事,一根一根的梳个没完。她自己要梳头,我记得她用一把抿子醮着刨花水,把头发弄得锃光大亮。然后她就要一听上房有动静便急忙前去当差。盏碗茶、燕窝、莲子、点心,都有人预备好了,但是需要她去双手捧着送到祖父母跟前,否则要儿媳妇做什么?在公婆面前,儿媳妇是永远站着,没有座位的。足足的站几个钟头下来,不是缠足的女人怕也受不了!最苦的是,公婆年纪大,不过午夜不安歇,儿媳妇要跟着熬夜在一旁伺候。她困极了,有时候回到房里来不及脱衣服倒下便睡着了。虽然如此,母亲从来没有发过一句怨言。到了民元前几年,祖父母相继去世,我母亲才稍得轻闲,然而,主持家政教养儿女也够她劳苦的了。她抽暇隔几年返回杭州老家去度夏,有好几次都是由我随侍。

母亲爱她的家乡。在北京生了几十年,乡音不能完全改掉。我们常取笑她,例如北京的"京",她说成"金",她有时也跟我们学,总是学不好,她自己也觉得好笑。我有时学着说杭州话,她说难听死了,像是门口儿卖笋尖的小贩说的话。我想一般人都会同意,凡是自己母亲做的菜永远是最好吃的。我的母亲平常不下厨房,但是她高兴的时候,尤其是父亲亲自到市场买回鲜鱼或其他南货的时候,在父亲特烦之下,她也欣然操起刀俎。这时候我们就有福了。我14岁离家到清华,每星期回家一天,母亲就特别疼爱我,几乎很少例外的要亲自给我炒一盘冬笋木耳韭菜黄肉丝,起锅时浇一勺花雕酒,这是我最喜欢的一道菜。但是这一盘菜一定要母亲自己炒,别人炒味道就不一样了。

我母亲喜欢在高兴的时候喝几盅酒。冬天午后围炉的时候,她常要我们打电话到长发叫五斤花雕,绿釉瓦罐,口上罩着一张毛边纸,温热了倒在茶杯里和我们共饮。下酒的是大落花生,若是有"抓空儿的",买些干瘪的花生吃则更有味。我和两位姐姐陪母亲一顿吃完那一罐酒。后来我在四川独居无聊,一斤花生一罐茅台当做晚饭,朋友们笑我吃"花酒",其实是我母亲留下的作风。

我自从入了清华,以后和母亲在一起的时候就少了。抗战前后各有三年和母亲住在一起。母亲晚年喜欢听评剧,最常去的地方是吉祥,因为离家近,打个电话给卖飞票的,总有好的座位。我很后悔,我没能分出时间陪她听戏,只是由我的姐姐弟弟们陪她消遣。

我父亲曾对我说,我们的家之所以成为一个家,我们几个孩子之所以能成为人,全是靠了我母亲的辛劳维护。1949年以后,音讯中断,直等到恢复联系,才知道母亲早已弃养,享寿90岁。西俗,母亲节佩红康乃馨,如不确知母亲是否尚在则佩红康乃馨各一。如今我只有佩白康乃馨的份了,养生送死,两俱有亏,惨痛惨痛!

(梁实秋)

理解悟语

很多时候,母爱是一种能带你走出困境、战胜困厄的力量。母亲会用她们的生命去呵护孩子的幸福,哪怕再累再苦,在孩子面前,也一样笑靥如花。因为,她们要把坚强的信念注入孩子的生命中,她们要让孩子永远感受到爱,永远看到希望。

有爱不觉天涯远

娇娇,爸爸在天上看着我们呢,我们娘俩在一起,要快乐地活着,他才会开心。有爱不觉天涯远,哪怕是隔着两重世界。

　　她 15 岁那年,父亲死于一场车祸。家里塌了半个天,她的心却完全塌了。从小她就是父亲最宠爱的宝贝,可是幸福到此戛然而止。那个沉闷的夏天,她封闭了自己,几乎不和任何人说话。她看着母亲依然衣着光鲜地上班下班,和别人谈笑自如,心就像被针尖一点点地刺了个遍。她不明白,难道父亲的离去,对母亲,竟然没留下丝毫痕迹?

　　父亲去世后,她的第一个生日,母亲一大早起来就上菜市场,说要热热闹闹地过,叮嘱她放学后把要好的同学都请到家里来。晚上,她独自回来,看到家里流光溢彩,人声喧嚷,桌子上摆着三层的生日蛋糕,上面插着 16 支蜡烛。她刚一进门就被一群男人女人给围了起来,纷纷往她手里塞礼物,说生日快乐。母亲在旁边兴奋地介绍,这是赵伯伯,这是许阿姨……母亲问,怎么没带同学回来啊?我准备了这么多的菜呢。

　　这样热闹的场面,让她不可抑制地想起父亲,突然悲从中来,她歇斯底里地喊了一声:"没有爸爸的生日,我不快乐!"她把手里的礼物统统摔在地上,又把桌上的蛋糕砸了个稀烂,留下不知所措的母亲和一屋子尴尬的人,头也不回地跑进自己的房间,把门重重地锁上。

　　那天晚上,半夜的时候她起来上厕所,忽然听到一阵压抑的哭泣声。她在母亲的房门口站住,房里灯还亮着,母亲背对着她,肩膀剧烈地抖动着。这是父亲离世后她第一次看到母亲哭,她也第一次发现,原来母亲的肩膀竟是如此瘦削。她默默地站了半晌,终于走进去,轻轻揽住了母亲的肩头。

第二天,她起床时发现床头放着一张纸条:"娇娇,爸爸在天上看着我们呢,我们娘俩在一起,要快乐地活着,他才会开心。有爱不觉天涯远,哪怕是隔着两重世界。"

"有爱不觉天涯远",她反复读着这7个字,泪水涌满了眼眶。

她读高三那年,因为单位效益不好,母亲下岗了。母亲从旧货市场买回一辆三轮车,去水果批发市场批了水果回来,蹬着三轮车大街小巷地叫卖。有一次,她回家跟母亲要钱买复习资料,走过一个路口时,正好看到母亲的三轮车停在那里,有个人正在挑苹果。那个人一边拣苹果,一边挑剔苹果颜色不好价格太贵,母亲谦卑地赔着笑脸,不住地说好话,那人不依不饶,称完了非要再添上两个。母亲便急了,争执之间,突然有人喊:"城管来了!"母亲一惊,钱也不要了,骑上三轮车就跑。那条街正挖暖气管道,母亲一没留神,三轮车便歪进了旁边新挖的土沟里。她看见母亲麻利地爬起来,扶正了车子,也顾不上拣地上掉落的苹果,继续蹬着车往前飞奔。

她跑过去,把地上的苹果拣起来,看着母亲瘦得厉害的背影飞快消失在街角,突然蹲在地上,泪水再也抑制不住。

母亲就这样供着她,读了大学。她得了全额奖学金,要出国深造。临走的晚上,她抱着枕头来和母亲一起睡。母亲把所有该叮嘱的都叮嘱了一遍,她依偎着母亲,一直沉默。到开口说话,已是泪眼婆娑:"妈,我走了,你怎么办?"母亲拍拍她的头,笑着说:"傻丫头,有爱不觉天涯远,我会照顾好自己的,等你回来,买了大房子,接我去享福。"母亲轻轻地笑着,可是母亲的手,却是颤抖的。

学成归来,已是两年之后。她以优异的成绩被一家大公司高薪录用,买了复式楼房。

她把母亲接来新家,母亲欢天喜地在阳台上种满了花,把她的床单被罩都洗了一遍。有一天夜里,她听见母亲一直咳嗽,起来去看,母亲却闭着眼睛,好像睡熟了。

第二天,母亲说想家了,要回去。她急了,说你要回哪儿?这就是咱的家啊。母亲执意要回,最后竟咳出血来。送母亲去医院,肺癌,已是晚期。医生埋怨她,怎么这么晚才送来?

"怎么这么晚才送来?"她一遍遍地问自己,9月的阳光灿烂耀眼,她的世界却失去了颜色。

一个月后,母亲静静地去了。最后的时刻,母亲抓着她的手,嘴唇翕动。她俯身上前,把耳朵贴在母亲的脸上,听到母亲微弱的声音说:"乖……不怕……有爱不觉天涯远……"

有爱不觉天涯远! 她跪在母亲的床前,泪如雨下。

(卫宣利)

就像雏鹰终会长成雄鹰一样,儿女总有一天要独立生活,远离母亲那深情而又爱怜的注视。然而,即便是走到了天涯海角,为人子女者都走不出母爱那温暖的包围。其实,我们就是母亲手中的风筝,不管飞得多远,飞得多高,线的那一端永远捏在母亲的手中。

第五辑 有爱不觉天涯远

合 欢 树

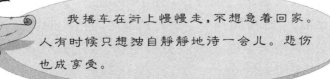

我摇车在街上慢慢走,不想急着回家。人有时候只想独自静静地待一会儿。悲伤也成享受。

世界上有一种最美丽的声音,那便是母亲的呼唤。

——但 丁

10岁那年,我在一次作文比赛中得了第一。母亲那时候还年轻,急着跟我说她自己,说她小时候的作文作得比这还要好,老师甚至不相信那么好的文章会是她写的。"老师找到家来问,是不是家里的大人帮了忙。我那时可能还不到10岁呢。"我听得扫兴,故意笑:"可能?什么叫'可能还不到'?"她就解释。我装作根本不在意她的话,对着墙打乒乓球,把她气得够呛。不过我承认她聪明,承认她是世界上长得最好看的。她正给自己做一条蓝底白花的裙子。

我20岁时,两条腿残废了。除去给人家画彩蛋,我想我还应该再干点儿别的事,先后改变了几次主意,最后想学写作。母亲那时已不年轻,为了我的腿,她头上开始有了白发。医院已明确表示,我的病目前没法治。母亲的全副心思却还放在给我治病上,到处找大夫,打听偏方,花了很多钱。她倒总能找来些稀奇古怪的药,让我吃,让我喝,或是洗、敷、熏、灸。"别浪费时间啦,根本没用!"我说。我一心只想着写小说,仿佛那东西能把残疾人救出困境。"再试一回,不试你怎么知道会没用?"她每说一回都虔诚地抱着希望。然而对我的腿,有多少回希望就有多少回失望。最后一回,我的胯上被熏成烫伤。医院的大夫说,这实在太悬了,对于瘫痪病人,这差不多是要命的事。我倒没太害怕,心想死了也好,死了倒痛快。母亲惊惶了几个月,昼夜守着我,一换药就说:"怎么会烫了呢?我还总是在留神呀!"幸亏伤口好起来,不然她非疯了不可。

后来她发现我在写小说。她跟我说:"那就好好写吧。"我听出来,她对治好我的腿也终于绝望。"我年轻的时候也喜欢文学,跟你现在差不多大的时候,我也想过搞写作。你小时候的作文不是得过第一吗?那就写着试试看。"她提醒我说。我们俩都尽力把我的腿忘掉。她到处去给我借书,顶着雨或冒着雪推我去看电影,像过去给我找大夫、打听偏方那样,抱了希望。

30岁时,我的第一篇小说发表了,母亲却已不在人世。过了几年,我的另一篇小说也获了奖,母亲已离开我整整7年了。

获奖之后,登门采访的记者就多。大家都好心好意,认为我不容易。但是我只准备了一套话，说来说去就觉得心烦。我摇着车躲了出去。坐在小公园安静的树林里，想：上帝为什么早早地召母亲回去呢？迷迷糊糊的，我听见回答："她心里太苦了。上帝看她受不住了，就召她回去。"我的心得到一点儿安慰，睁开眼睛，看见风正在树林里吹过。

我摇车离开那儿，在街上瞎逛，不想回家。

母亲去世后，我们搬了家。我很少再到母亲住过的那个小院子去。小院在一个大院的尽里头，我偶尔摇车到大院里去坐坐，但不愿意去那个小院子，推说手摇车进去不方便。院子里的老太太们还都把我当儿孙看，尤其想到我又没了母亲，但都不说，光扯些闲话，怪我不常去。我坐在院子当中，喝东家的茶，吃西家的瓜。有一年，人们终于又提到母亲："到小院子去看看吧，你妈种的那棵合欢树今年开花了！"我心里一阵抖，还是推说手摇车进出太不易。大伙就不再说，忙扯到别的，说起我们原来住的房子里现在住了小两口，女的刚生了个儿子，孩子不哭不闹，光是瞪着眼睛看窗户上的树影儿。

我没料到那棵树还活着。那年，母亲到劳动局去给我找工作，回来时在路边挖了一棵刚出土的绿苗，以为是含羞草，种在花盆里，竟是一棵合欢树。母亲从来喜欢那些东西，但当时心思全在别处，第二年合欢树没有发芽，母亲叹息了一回，还不舍得扔掉，依然让它留在瓦盆里。第三年，合欢树不但长出了叶子，而且还比较茂盛。母亲高兴了好多天，以为那是个好兆头，常去侍弄它，不敢太大意。又过了一年，她把合欢树移出盆，栽在窗前的地上，有时念叨，不知道这种树几年才开花。再过一年，我们搬了家，悲痛弄得我们都把那棵小树忘记了。

与其在街上瞎逛，我想，不如去看看那棵树吧。我也想再看看母亲住过的那间房。我老记着，那儿还有个刚来世上的孩子，不哭不闹，瞪着眼睛看树影儿。是那棵合欢树的影子吗？

院子里的老太太们还是那么喜欢我，东屋倒茶，西屋点烟，送到我跟前。大伙儿都知道我获奖的事，也许知道，但不觉得那很重要；还是都问我的腿，问我是否有了正式工作。这回，想摇车进小院儿真是不能了。家家门前的小厨房都扩大了，过道窄得一个人推自行车进去也要侧身。我问起那棵合欢树，大伙说，年年都开花，长得跟房子一样高了。

这么说，我再看不见它了。我要是求人背我去看，倒也不是不行。我挺后悔前两年没有自己摇车进去看看。

我摇车在街上慢慢走，不想急着回家。人有时候只想独自静静地待一会儿。悲伤也成享受。

有那么一天，那个孩子长大了。会想起童年的事，会想起那些晃动的树影儿，会想起他自己的妈妈。他会跑去看看那棵树。但他不会知道那棵树是谁种的，是怎么种的。

（史铁生）

理解悟语

在我们生命中，总有一个人为我们遮风挡雨，总有一份爱为我们牵肠挂肚。这个人就是母亲，这份爱就是母爱。当我们遭遇艰难挫折，母亲总能给我们最大的支持与鼓励。殊不知，母亲的心中也藏着深深的忧虑，只是她们把美好与希望带给我们，把忧伤与苦痛留给自己。

妈妈，请您挂线

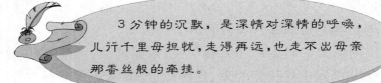

3分钟的沉默，是深情对深情的呼唤，儿行千里母担忧，走得再远，也走不出母亲那蚕丝般的牵挂。

一个人在外辛苦奔波，趋日求暖，掘洞求安。人如穿梭般奔走在城市的水泥钢筋之间，行色匆匆。

快节奏的生活方式使我成了早出晚归的机器，身体每天都要周旋于客户之间，而我的心在金与银的重压下变得筋疲力尽，对亲情的眷顾成了心中渴盼的奢望。

记得刚毕业那会儿，一时找不到合适的工作，在母亲的催促下，父亲东奔西走地串起了老亲戚，厚着脸皮开始拉关系。人穷底子软，一次次的碰壁后，父亲愁眉不展的脸难见一丝笑容。母亲更是一声接一声地叹息，说："都是祖上没积德，我的孩子毕业了，连一份工作都找不到，让后人怎么再敬佑你们呦！"

为了减轻心中的烦闷，我便到田里干活。但长时间脱离劳动，使我的身体像散了架似的疼痛。母亲便顾不得再埋怨祖宗，转而心疼起我的身体，仍把我当小孩子照料。

不忍看着父母跟着我受煎熬，我决定外出打工。父母没有阻拦，他们知道我要去追求自己的前途。前途是什么？谁都心里没底，但又不敢耽误那一片茫然的前途。在恋恋不舍的目光中，看着我成了打工族中的一员。

激烈的竞争环境里，我只有拼命地工作，用业绩证明自己的能力，显示着存在。一人漂泊在异乡，没有亲戚来往，夜深人静时想想家中的父母，成为我生活中唯一温馨的牵挂。

为了联系方便，我用第一个月的薪水给父母装了一部电话。父母都是大字不识一箩筐的人，连号码都不知怎样拨，我只能定期打给他们。有段时间过于繁忙，好久没给父母打电话了。夜已深了，我还是试着拨了那似乎有点儿陌生了的号码。响了两下，就听到了母亲急切的声音"是喜儿吧？"我说："是我，妈妈。真对不起，这段时间太忙，没有按时给您和爸通电话。"母亲没有丝毫埋怨，只是一连串的注意身体、好好吃东西照顾好自己的啰嗦。我便哼哼哈哈地附和着，妈妈又问："谈对象了没有？"我说："快了快了，你怎么比我还着急？"母亲就笑着说："想找个人替妈妈照顾你啊！"母亲絮叨一阵后，就轮到了父亲。父亲话不多，只是提醒我说："喜儿啊，以后勤打电话，你妈每天都守在电话旁，在等你呀！"母亲像被人拆穿了秘密，抢过话筒嗔怪着父亲："谁让你告诉他的，我什么时候等了？"然后又对我说："好啦，好啦！喜儿，妈知道你累了一天了,早点儿休息吧。"我心里一酸,忙说:"好吧,您和爸也早点儿休息,我挂线啦,您也挂吧!"母亲就说:"嗯。"我把听筒放在耳边等着母亲挂线,但始终没有挂线的声音。静静地过了3分钟,我说:"妈妈,您怎么还没有挂线呀?"母亲说:"我在等你挂线啊!习惯了,我喜欢听到你先挂线,这样我才放心。"我没再犹豫,很快地挂了电话,霎时,再也控制不住的泪水汹涌而下。

想想母亲苦苦等候在电话旁,盼望着铃声在突然间响起,听到儿子那熟悉的声音,我的心里不由得一阵阵惭愧。3分钟的沉默,培养了我深深的悲哀,我不是一个孝顺的儿子,疏于和父母联系;3分钟的沉默,是深情对深情的呼唤,儿行千里母担忧,走得再远,也走不出母亲那蚕丝般的牵挂。

我在电话的这一头,母亲在电话的另一头。时空的拉长徒然增添了离别的伤感。爱一旦成为乡愁,心就不会再坦然。在感情的天平上,无论我们多深的思念都无法超过母爱那沉甸甸的砝码。

(徐双喜)

　　从呱呱坠地到牙牙学语,再到长大成人,我们都一直生活在母亲那无微不至的爱与关怀中。在子女的面前,母亲从来不索回报,以至于我们都习惯了母亲的给予与付出。该如何回报母爱呢?最基本的一点就是对母亲多一分理解,多一分关怀。

雪 孩 子

我很想把雪孩子画完，但怎么也找不到孩提时的灵感，即便我为雪孩子加上两条腿、一双鞋，她还是会像小天鹅一样失踪。

有一位诗人说："每当想起母亲，我的笔就跪着爬行。"

收拾母亲的遗物时，在她夹鞋样子的一本书里面，发现了一个我画了一半的雪孩子，雪孩子戴着大大的帽子，也许，我原本想再为她加上一双鞋子的。

那个冬天，一定很冷。

画着雪孩子的纸旧旧的，早已发黄。薄如蝉翼的纸片一刀一刀地划过去，我的心流血不止。

夹鞋样子的书不是很厚，蓝色的封面，书的名字是《天鹅飞到哪儿去了》，繁体字，竖行排列，是我见到的最早的小说。爸爸说，那是一个天鹅妈妈寻找失踪的小天鹅的故事。于是母亲就将书收起，用一块细碎蓝格的棉布小心翼翼地包着。

那时，我很想知道失踪的小天鹅是否找到了妈妈，可惜不认得繁体字，等到能读懂这本书的时候，却又失去了那份好奇的童心。

皮鞋、旅游鞋、登山鞋……这些年不知道换了多少双鞋，更不知道走了多少里路，早已不再穿妈妈做的鞋了，可我从小到大的鞋样子，依然被她完好地保存着。

在妈妈的心里,我从来就没有走出过家门。

我很想把雪孩子画完,但怎么也找不到孩提时的灵感,即便我为雪孩子加上两条腿、一双鞋,她还是会像小天鹅一样失踪。因为在这个世界上,再也没有人会为我保存这样的一幅画。

2006年1月6日,雪很大,我的生命结满了冰。

我是一个失踪的雪孩子,疯狂地奔跑在雪地里,跌倒了,爬起来,再跌倒……

雪,无声无息地纷纷飘落,我绝望的一声声地呼喊:"妈——妈妈——"

哥哥交给我一个硬硬的纸片,说是装在母亲贴身的口袋里,我又一次差点儿昏厥。

纸片是从烟盒上剪下来的,四周已磨出了毛边。七十多岁的老母亲虽然连字都不认得,但她知道,纸片上的那11个蝌蚪样的东西,是我的手机号码。

同一个号码,装在我和母亲两个不同的怀里,于是心便时时贴在了一起。

母亲很少给我打电话,她知道百里之外的我很忙。

我总是说,等忙完这件事,我就回家。可我的事,总也忙不完。

有一次出差,走之前,打电话问母亲,想我吗?母亲说:"你就放心去吧,妈不想你,你离开家还差两天才3个月。"

差两天3个月——88天,我猛然想起,这是自从我参加工作十多年以来,离家时间最长的一次。

我泪流满面地收起电话,也收起了出差的计划。

无论如何要在天黑前赶回家。

推开虚掩的门,昏暗的灯光下,母亲一个人孤单地数着不知数了多少遍的药片。一瓶药,片片早已磨光了棱角。那一刻,突然疯狂地想念去世了好多年的父亲。

我是母亲最小的孩子,母亲对我的依赖超过了任何一个哥哥和姐姐。每次回家,我总要给老母亲洗头、理发。那天,我正准备给虚弱的母亲剪指甲的时候,突然犯了忌讳:把母亲收拾得这么周到,是不是不准备再孝敬她了？

母亲伸出手在等我，一脸天真，像个孩子。这是我见母亲的最后的形象。

我借故说剪刀找不着了。反正用不了多久，我还会回来。

接到县委通知说有一个采访任务。面对病重的母亲，我在犹豫。母亲说："你去吧，不会有事。我，等你回来。"声音虚弱得足以让我的心颤抖一生。

母亲平生第一次也是最后一次对我说了谎。

1月6日凌晨6点整，当疲惫的我将采访报道在电脑上刚刚保存了的时候，接到家里的电话。

母亲终于没有等到我回来。

哥哥说，母亲不让给我打电话，但执意要将被子垫在后背，执意要面对着门半躺而眠，日夜如此，为的是在第一眼就看到随时可能归来的我。

我决心不再探讨小天鹅的故事，我怕失踪的小天鹅有和我一样的结局，我宁可在心里保存一份美好的愿望。

（刘亚连）

理解悟语

从我们出生的那一天起，母亲就不厌其烦地为我们洗澡穿衣，牵手走路，送我们上学。母亲，为我们的每一次远行牵挂，为我们的每一分成绩欣喜。母亲，给了我们她一生的爱与幸福，而我们是否尽到了子女应尽的义务？为人子女者要切记，孝顺要及时。

第五辑　有爱不觉天涯远

父母的碗里是否有菜

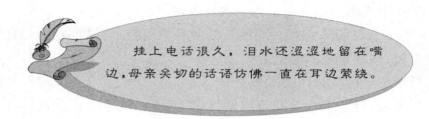

挂上电话很久，泪水还涩涩地留在嘴边，母亲关切的话语仿佛一直在耳边萦绕。

很长一段时间在外面漂泊，对故乡和亲人的思念在岁月的流逝中似乎渐渐淡了，每天总有那么多人要去面对，总有那么多事要去做，除去一日三餐和那些永远忙不完的工作，剩下的时间总是那么有限，全部用来睡眠都不够，哪里还有时间去牵挂故乡和乡下的父母？

为了能心安理得地在城里无比受用地活着，曾给自己的懒惰找了个理由：什么故乡，所有的故乡原本不都是异乡吗？所谓故乡只不过是父辈漂泊的最后一站。父母？不也是好好地活着吗？在外面少让他们操心，每月寄点儿钱回去，让他们自己去多买点儿菜改善一下生活，这似乎就是许多漂泊者对故乡和亲人全部的付出，未涉及一点儿情感的因素。

上个月我寄回家1000块钱，是想让生病在床的母亲每天买点儿肉熬汤补补身体，前两天晚上房东喊我接电话，拿起话筒一听竟是母亲慈爱的声音——一种让我魂牵梦绕的乡音。她慢慢地对我说，那1000块钱他们没舍得吃肉，本打算存起来，后来村里装电话，就装了一部。只是为了能经常听到我的声音，她说，很想我。

我其实一直也在心底牵挂他们，但从来没有像母亲想我那么"很"，我对故乡和他们的思念常常因为自己生活中的琐事和烦恼而中断，甚至有时会完全忘记在自己生活的城市之外，还有自己的故乡和父母存在,忘了他们在劳累着、在渐渐地变老,老到每天用大部分时间来思念我,而我呢?

挂上电话很久,泪水还涩涩地留在嘴边,母亲关切的话语仿佛一直在耳边萦绕。电话可以传递我的声音,却永远传递不了我的感情;而我听到母亲的声音,全身分明被家的暖流包围。她不知道我会哭,我真的很惭愧,以为每月尽量多寄点儿钱就可以使父母幸福地度过每一天,我时常还自诩能每月寄点儿钱回家,不像身边的许多朋友伸手向家里要钱。其实,我欠他们的太多太多。

那天,良心发现的我请朋友写了一张条幅挂在房中,上面清晰又明白地写着:你的碗里有肉,父母碗里是否有菜?

(吴 晶)

当我们惬意地生活着、享受着的时候,你是否想过,我们的父母曾是如何含辛茹苦地将我们养育成人,而今早已年迈的他们又是否已经过上了无忧的生活。对父母多一分关心,多一分问候吧,想一想他们为你做出了怎样无私的付出。

真 情 水 果

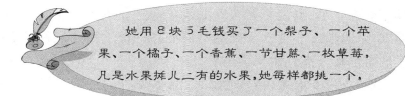

她用8块5毛钱买了一个梨子、一个苹果、一个橘子、一个香蕉、一节甘蔗、一枚草莓,凡是水果摊儿上有的水果,她每样都挑一个。

在我生活的城市里,发生了这样一桩案子。

丧心病狂的歹徒拦截了一个捡破烂的妇女,他从妇女的衣袋里搜出一个塑料袋,塑料袋里包着一沓钞票。

歹徒拿着那沓钞票,转身就走。这时,那位妇女反应过来,立即扑上前去,劈手夺下了塑料袋。歹徒用刀对着妇女,威胁她放手。妇女却双手紧紧地攥住盛钱的袋子,死活不松手。

妇女一面死死地护住袋子,一面拼命呼救,呼救声惊动了小巷子里的居民,人们闻声赶来,合力逮住了歹徒。

众人押着歹徒搀着妇女走进了附近的派出所,一位民警接待了他们。问讯时,歹徒对抢劫一事供认不讳。而那位妇女站在那儿直打哆嗦,脸上冷汗直冒。民警便安慰她:"你不必害怕。"妇女回答说:"我好疼,我的手指被他掰断了。"说着抬起右手,人们这才发现,她右手的食指软绵绵地耷拉着。

宁可手指被掰断也不松手放掉钱袋子,可见那钱袋的数目和分量。民警便打开那包着钞票的塑料袋,顿时,在场的人都惊呆了,那袋子里总共只有 8 块 5 毛钱,全是一毛和两毛的零钞。

为 8 块 5 毛钱,一个断了手指,一个沦为罪犯,真是太不值得了。一时,小城哗然。

民警迷惘了:是什么力量在支撑着这位妇女,使她竟能在折断手指的剧痛中仍不放弃这区区的 8 块 5 毛钱呢?他决定探个究竟。所以,将妇女送进医院治疗以后,他就尾随在妇女的身后,以期找到问题的答案。

令人惊讶的是,妇女走出医院大门不久,就在一个水果摊儿上挑起了水果,而且挑得那么认真。她用 8 块 5 毛钱买了一个梨子、一个苹果、一个橘子、一个香蕉、一节甘蔗、一枚草莓,凡是水果摊儿上有的水果,她每样都挑一个,直到将 8 块 5 毛钱花得一分不剩。

民警吃惊地张大了嘴巴。难道不惜牺牲一根手指才保住的 8 块 5 毛钱,竟是为了买一点儿水果尝尝?

妇女提了一袋子水果,径直出了城,来到郊外的公墓。

"儿啊,妈妈对不起你,妈没本事,没办法治好你的病,竟让你刚 13 岁时就早早地离开了人世。还记得吗?你临去的时候,妈问你最大的心愿是什么，你说：'我从来没吃过完好的水果，要是能吃一个好水果该多好呀。'妈愧对你呀，竟连你最后的愿望都不能满足，为了给你治病，家里已经连买一个水果的钱都没有了。可是，孩子，到昨天，妈妈终于将为你治病借下的债都还清了。妈今天又挣了 8 块 5 毛钱，孩子，妈可以买到水果了，都是妈花钱给你买的完好的水果，一点儿都没烂，妈一个一个仔细挑过的，你吃吧。孩子，你尝尝吧……"

（黄孝阳）

理解悟语

母爱，最平淡、绵长，可能只是餐桌上的一碗热汤；母爱，又最无私、无畏，能为你承担天塌下来的重量。为什么在子女遇到危难时，柔弱的母亲往往能爆发出惊人的力量，只因为她是母亲，她的字典里每一页写的都是孩子。母爱，是天底下最勇敢、最无畏的爱。

妈妈的眼泪

妈妈的眼泪那都是爱，为我们担心时会流泪，与我们分别时会流泪，当我们获得成就时，我们的母亲也会流泪。

不记得是在哪里曾看到一则资讯：美国人类学家对 1000 名死者进行调查，其中 40% 的男人在弥留之际都有一句想说的话——"还是妈妈好。"

那还是我刚刚记事时,整整一个春夏老天滴雨不下,地里的庄稼全都旱死了。

妈妈和婶娘坐在大门洞拉话,我在一旁傻傻地玩儿。说到了年馑,妈妈回头看了我一眼,然后望着烘热的天空一个劲儿地念叨:

"颗粒不收,颗粒不收,我们孩子吃啥呀?吃啥呀?"

我清清楚楚地看见,她那布满愁容的脸上流下了眼泪……

小学二年级的冬天,我期末考试成绩特别优秀。

放学回家,我跑到妈妈跟前,异常高兴地说:"妈妈,妈妈,学校在墙上贴出榜了,我是第一名啊!"

"真的?真的?"妈妈一把把我搂在她的怀里,眼里饱含着激动的泪水……

上了高中以后,我长成了大小伙。

放寒假那天,我步行90华里回到家,妈妈高兴极了。

她取出一块猪肉来,边拿刀切边对我说:"这是二斤半,差点儿让你爹给卖了。我说杀猪的时候你不在家,没吃上肉,得多留上一块,给孩儿补上。"

妈妈把肉烧上,过了一阵儿,对我说:"我出去一会儿,肉快熟了,你就趁热吃些,妈妈回来再给你们蒸米饭、烩菜。"

闻着肉香,我馋极了,拿起一双筷子,就着热锅,忘乎所以地一块接一块夹着吃。不一会儿,锅里就只剩下了汤。

妈妈乐颠颠地回来了,揭开锅盖一看,"肉呢?"

我说:"我吃了!"

"全吃了?"

"嗯!"

妈妈先是一愣,接着一把把我搂过去,失声哭泣:"哎呀呀!这是怎么回事啊?怎么把我娃烤(又饿又馋)成这个样了?你在外边是咋生活的呀?"

妈妈没有想到,她为全家人准备烩菜的肉,被我一个人吃了个精光。妈妈没有一丝一毫的怪罪,而是伤感、自责,揪心地爱我疼我,不停地抚摸着我的头,满面泪流……

二十多岁的时候,我在省城的一所大学就读。因为家穷,掏不起路费,寒暑假都不能回家看妈妈。

整整三年之后,我下狠心决定回一次家。我把消息告诉了妈妈,她老人家从此睡不着觉,吃不下饭,每天下午都要在大门口走来走去,看着远方的路,渴望我的身影出现。

那天,我背着行囊走进了她的视线,我和妈妈从两头跑来……妈妈把我揽进了她的怀,大声地哭喊:"孩子啊孩子,妈妈想你,想你啊!"

我给妈妈擦眼泪,可怎么也擦不完……

三十多岁的时候,我为生计和事业开始四处奔波,一次又一次地放弃了探望妈妈的机会。我总以为把钱寄到家,妈妈就会高兴的。我万万没有想到,我的汇款单每回送到妈妈的手里,她老人家都要痛哭一场。

邻居大娘不解,问她:"你这是怎么回事?"

妈妈回答:"我不想要钱呀!我想见到我的孩子呀!"

在盼望我归来的日子里,妈妈经常会搬来一个高凳放在大门口,坐在那儿远眺、发呆、流泪……

我真要归来时,再也不敢提前把消息告诉她老人家了。

有一天,在和煦的阳光下,妈妈照旧坐在门前守望,邻里几位大娘也过来闲聊,妈妈对我的思念暂时被排解。

可是,就在这个时候,我突然出现在她的面前。我知道她老人家的视力已经不行了,就径直走过去,弯下腰,想逗个乐儿,几乎是用脸贴着脸去看她。

她显然有些生气,不快地喊"你是谁?干啥呀!"

"是我,你不认识啦,"我故意大声说。

"啊呀,老天爷!我的孩子!我想也没想到……"妈妈说着,一把抱住我,号啕痛哭起来,"我想也没想到,想也没想到呀!"

当接到"母亲病危速回"的电报时,我心急如焚,无论如何也不能不回去看她老人家了。

让妈妈老去的病苦是腹部疼痛,那天妈妈的精神稍有好转,能坐起来说话了,我像过去一样,头枕着妈妈的大腿,躺在炕上和她聊天、逗乐儿,因为她最喜欢这样。

不知为什么,我一时心犯迷糊,就悄声无息地睡着了,醒来看手表,入眠时间至少也有90分钟。我怀着沉重的自责对妈妈说:"睡了这么长时间,把你的腿压麻了吧?"

"没有,真的。你枕妈妈的腿,时间再长,妈妈从来也不会麻的;我倒是奇怪,你枕着我的腿,这么长时间了,我肚疼的病也一直没有发作啊。"妈妈面带喜色,一板一眼地说着。可是,她突然发现我在偷偷地哭泣,也赶紧背过脸去用手抓着衣袖,偷偷地揩去了她那跟着流下来的眼泪……

这是我最后一次看见的妈妈的眼泪。

妈妈走了,她的眼泪也枯竭了;可我还在,还能继续流淌原本属于她的泪……

(沙 岸)

理解悟语

妈妈的眼泪都是爱,为我们担心时会流泪,与我们分别时会流泪,当我们获得成就时,我们的母亲也会流泪。在未来的日子中,好好地爱你的母亲吧,不要辜负了她那颗爱你、疼你的心。

爱到燃情还不够

　　父母是孩子永远的拐杖，支撑着孩子的人生。孩子成长的代价是父母青春的消耗、健康的牺牲，甚至是生命的付出。这种爱是何等的轰轰烈烈！

　　母亲先前红润的脸上画出了岁月的痕迹，先前飘逸的长发留下了些许银丝；父亲先前强健的身躯已有些矮小，先前有神的眼睛有了些许干枯。他们那布满老茧的树皮般的双手，捧着对我们绵绵不尽的爱！

载不动父爱如山

我与他只隔一层钢板，却只能眼睁睁地看着他，不能翻身、不能动弹、不能叫痛，强忍着孤寂、病痛与颠簸。他是在用他的生命抢救我的生命，用他的时间换取我的时间啊！

冬夜，山高月小。我摸进采石场，跟父亲直白：爸，我不想读书了，这事，我想了好久了。

父亲听后只问了一声，肯定了吗？是担心没钱供你上大学吧？爸这条命还在！

我捡起扔在地上的行李，执意转身。

"砰"！父亲狠狠地将羊角镐砸在一堆石头上，火星四溅，他瘦小的身子渐渐地矮了下去。走了好久，山谷里仍可听到父亲如狼一般的号叫。

我的家乡，贫瘠而苍凉，山连山，石挨石。我亲眼看见父亲的采石作业。随着火药吼过，石雨落尽，父亲戴着安全帽，从岩石下钻出来，硝烟远未散尽，父亲就冲进了"战场"，抢着搬运石块。一天下来，父亲仿佛是从石灰坑里跳出来的，浑身白霜。多年积劳成疾，使父亲患上了严重的哮喘、风湿、静脉曲张等疾病。每次回到家中，我最不愿面对的就是父亲那双手。那双手，在与石头的对撞中，早已茧痂累累。一到冬天，就绽开一道道血口。

父亲每一次将血汗钱交到我手中时，我的心就会隐痛好几天。高三上学期，我决定放弃上大学的机会。尽管，我的学习成绩一直在全校名列前茅，学校也对我寄予了很高的期望。可考出去，父亲怎么办？弟妹们怎么办？最后，这如山的沉重，使我选择了放弃。

一个人到外地打工。离家乡几千公里，梦里，尽是父亲佝偻的背影。想到此，我拼命地挣钱，只要能挣钱的活儿我都干，往往一天只睡三四个小时。但每一次睡下，我都有一种虚脱的踏实。我想，父亲迟早有一天会理解我的。

哪知，就在我赚钱正欢的时候，一场突如其来的疾病彻底粉碎了我的梦想。由于过度劳累，再加上严重营养不良，一个雨夜，我天昏地暗地加班到凌晨，最后起身时，眼前一黑，"咚"地栽倒在水泥地上。工友送我去医院，一检查，我得了急性肝炎，并伴有腹水。那些恐怖的夜晚，我睁着失神的眼睛，望着病房惨白的墙。辛苦赚来的钱，像流水一样漂去。我才知道，"贫穷"这两个字眼儿，在穷人的眼里是多么的可怕！

多想，在死之前与父亲见上最后一面，看一看他苍老的脸庞，然后，怀着一种麻木的刺痛，在父亲怀里安静地死去。可是，我不能。我不想告诉父亲，我不能让他承受这一打击。医院渐渐减少了用药，我只想挨一天是一天。

一天清晨醒来，我看到了父亲。几月不见，他显得更加瘦小。原来，父亲接到了公司打给他的病危电话，带了几个叔父，扒了一辆货车，几天几夜没合眼马不停蹄地赶来。

几天过去，父亲带来的钱将尽，我的病情仍得不到好转。父亲哮喘病却复发了，为了不吵醒我，实在忍不住咳嗽时，就捂着嘴，跑到医院黑暗的角落咳嗽。尽管声音掩饰得很小，却更揪起我一种撕心裂肺的疼。

父亲与叔父们商议，租一辆出租车，将我接回去继续治疗。当父亲背着我出院时，我能清晰地感觉到父亲明显突出的肩胛骨，如两只铁蝶，坚硬如刀。可是，这么多人共乘一辆车，坐不下，而父亲也显然不愿再多花钱租车。

他围着车转了好几圈，最后指着车尾厢对司机说，师傅，我就躺这儿吧，留条缝儿就行。

司机呆了，在他眼里，尾厢只能装一些物品，人可从来没有载过。

几个叔父都争着要去，父亲对他们说，我矮小，就我吧，你们照顾好孩子就行了。叔父们实在不忍再见，难过地别过脸去。

临行前，父亲趴着出来，走到我跟前，伸出他粗糙的手握住我的手，说，活着回去，孩子！以后的路，你要走好啊！

我知道这句话的分量，我坚定地回答他，爸，咱们要一起回家，好好的！爸，我这就回去复读，你要看着我考大学，你要答应我！保重，爸！

父亲棱角分明的脸上，掠过一丝苍凉的微笑。

车，静默地，剪开如水的月色。北风，蹭着车窗尖厉而过。司机显然拼尽了全力，他也是在为父亲争取时间。

整整两天三夜，冷风像一只只无形的怪兽，无孔不钻。连坐在车里面，几个人相偎取暖，都觉得寒冷。我不知道病痛的父亲，会不会挺得住？我与他只隔一层钢板，却只能眼睁睁地看着他，不能翻身、不能动弹、不能叫痛，强忍着孤寂、病痛与颠簸。他是在用他的生命抢救我的生命，用他的时间换取我的时间啊！

我才知道，这世上有一类父亲，子女永远是他们生命的全部意义。

黎明时分，天色如墨。在一个收费站出站口，警灯闪烁一片。一辆辆车被次第拦下，检查、问证、放行。轮到我们时，警察看车上每一个人的证件。最后，让司机打开尾厢。在警察惊讶的注视下，司机颤抖地打开车盖，父亲一动不动地躺在那里，仿佛睡着了一般。一个警察用戴着白色手套的手，摸了摸父亲。父亲呻吟了一声，警察吓得跳了起来，旋即大怒，怎么能这样载人呢？这不是草菅人命吗？

我这才得知，路上不断有司机与乘客，透过那条"生死缝"看见了一动不动的父亲，记下了车牌号，并报了警：有人偷运尸体！

警察要罚款。这时父亲清醒了过来，想出来却又不能，在叔父们的帮助下，将他一点一点拖出，患了风湿与静脉曲张的他，双脚不能沾地，只有靠两个叔父的手勉强搀起。显然，父亲不能动弹的原因，是昏过去了，失去了知觉！

父亲凝望着我，嘴唇哆嗦，第一句话就是："求求你们放行吧！只要救活我儿子，我死不死无关紧要，这事与司机没有关系，我给你们跪下啦！求求你们这些好人了！"一阵刺痛袭击了我，我大叫一声：爸！许多人背过脸去抹泪,女人们感动得哭泣起来。

闪道! 出发!

一名警官高亢地命令。

他亲自出动了一辆警车,载上我的父亲,"嗖"的一声,风驰电掣地将一切抛远。透过反光镜,我看着那些晨风里的警察们,伫立在那里举起了手臂,为父亲行礼。

我与父亲,没有违背从德州出发前的约定,都活了下来。第二年,我考上了一所一类大学。走时,山中开山炮仗一声一声直插云霄。群山,淹没在我的泪水里。从这一天起,我开始了真正的新生活。

(宇　原)

父爱有多重?那就是:重如山,载不动!都说天下父亲是铁汉,都有一副铁肩膀,但这副铁肩又是如何打磨出来的呢?他用自己的双肩挑起一个家,挑起对父母、妻子、儿女的责任,他的肩上挑着的是沉沉的生活担子,更是对我们沉甸甸的爱。

哑　父

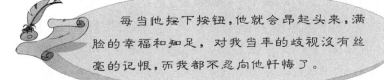

每当他按下按钮,他就会昂起头来,满脸的幸福和知足,对我当年的歧视没有丝毫的记恨,而我都不忍向他忏悔了。

辽宁北部有一个中等城市——铁岭,在铁岭工人街街头,几乎每天清晨或傍晚,你都可以看到一个老头儿推着豆腐车慢慢走着,车上的蓄电池喇叭发出清脆的女声："卖豆腐，正宗的卤水豆腐！豆腐咧——"

那声音是我的。那个老头儿，是我的爸爸。爸爸是个哑巴。直到二十几岁的今天，我才有勇气把自己的声音放在爸爸的豆腐车上，替换下他手里摇了几十年的铜铃铛。

两三岁时我就懂得了有一个哑巴爸爸是多么的屈辱，因此我从小就恨他。当我看到有的小孩儿被妈妈叫过来买豆腐拿起豆腐却不给钱就跑，爸爸伸直脖子也喊不出声的时候，我没有像大哥一样追上那孩子揍两拳。我伤心地看着那情景，不吱一声，我不恨那孩子，只恨爸爸是个哑巴。

尽管我的两个哥哥每次帮我梳头都疼得我龇牙咧嘴，我也还是坚持不再让爸爸给我扎小辫儿了。妈妈去世的时候没有留下大幅遗像，只有出嫁前和邻居阿姨的一张合影，黑白的二寸片儿。爸爸被我冷淡的时候就翻过支架方镜的背面看照片，直看到必须做活儿了，才默默地离开。

最可气的是别的孩子叫我"哑巴老三"(我在家中排行老三)，骂不过他们的时候，我会跑回家去，对着正在磨豆腐的爸爸在地上画一个圈儿，中间唾上一口唾沫。虽然我不明白这究竟是什么意思，但别的孩子骂我的时候就这样做，我想，这大概是骂哑巴的最恶毒的表示了。

第一次这样骂爸爸的时候，爸爸停下手里的活儿，呆呆地看我好久，泪水像河一样淌下来。我是很少看到他哭的，但是那天他躲在豆腐坊里哭了一晚上。那是一种无声的悲泣。

因为爸爸的眼泪，我似乎终于为自己的屈辱找到了出口，以至以后的日子里，我会经常跑到他的跟前去，骂他，然后顾自走开，剩他一个人发一阵子呆。只是后来他已不再流泪，他会把瘦小的身子缩成更小的一团，偎在磨杆上或磨盘旁边，显出更让我瞧不起的丑陋样子。

我要好好念书，上大学，离开这个人人都知道我爸爸是个哑巴的小村子！这是我当时最大的愿望。我不知道哥哥们是如何相继成了家；不知道爸爸的豆腐坊里又换了几根新磨杆；不知道冬来夏至那磨得没了沿锋的铜铃铛响过多少村村寨寨……只知道仇恨般地对待自己，发疯地读书。

我终于考上了大学，爸爸头一次穿上1979年姑姑为他缝制的蓝褂子，坐在1992年初秋傍晚的灯下，表情喜悦且郑重地把一堆还残留着豆腐腥气的钞票送到我手上，嘴里哇啦哇啦不停地"说"着，我茫然地听着他的热切和骄傲，茫然地看他带着满足的笑容去通知亲戚邻居，当我看到他领着二叔和哥哥们把他精心饲养了两年的大肥猪拉出来宰杀掉，请遍父老乡亲庆贺我考上大学的时候，不知道是什么碰到了我坚硬的心弦，我哭了。

吃饭的时候，我当着大伙儿的面儿给爸爸夹上几块猪肉，我流着眼泪叫着："爸，爸，你吃肉。"爸爸听不到，但他知道了我的意思，眼睛里放出从未有过的光亮，泪水和着散装高粱酒大口地喝下，再吃上女儿夹过来的肉，我的爸爸，他是真的醉了，他的脸那么红，腰杆儿那么直，手语打得那么潇洒！要知道，18年啊！18年，他从来没见过我对着他喊"爸爸"的口型啊！

爸爸继续辛苦地做着豆腐，用带着豆腐淡淡腥气的钞票供我读完大学。1996年，我毕业分配回到了距我乡下老家40公里的铁岭。

安顿好了以后，我去接一直单独生活的爸爸来城里享受女儿迟来的亲情，可就在我坐着出租车回乡的途中，车出了事故。

我从大嫂那里知道了出事后的一切——过路的人中有人认出这是老涂家的三丫头，于是大哥、二哥、大嫂、二嫂都来了，看着浑身是血、不省人事的我哭成一团，乱了阵脚。最后赶来的爸爸拨开人群，抱起已被人们断定必死无疑的我，拦住路旁一辆大卡车。他用腿支着我的身体，腾出手来从衣袋里摸出一大把卖豆腐的零钱塞到司机手里，然后不停地画着十字，请求司机把我送到医院抢救。嫂子说，一生懦弱的爸爸，那个时候，显出无比的坚强和力量！

在认真地清理伤口之后，医生让我转院，并暗示哥哥们，我已没有抢救必要，因为当时的我，几乎量不到血压，脑袋肿得像个瘪葫芦。

爸爸撕碎了大哥绝望之际为我买来的丧衣，指着自己的眼睛，伸出大拇指，比画着自己的太阳穴，又伸出两个手指指着我，再伸出大拇指，摇摇手、闭闭眼，那意思是说："你们不要哭，我都没哭，你们更不哭，

111

你妹妹不会死的,她才二十多岁,她一定行的,我们一定能救活她！"

医生仍然表示无能为力,他让大哥对爸爸说:"这姑娘没救了,即使要救,也要花好多好多的钱,就算花了好多钱,也不一定能行。"

爸爸一下子跪在地上,又马上站起来,指指我,扬扬手,做着种地、喂猪、割草、推磨杆的姿势,然后掏出已经空的衣袋儿,再伸出两只手反反正正地比画着,那意思是说:"求求你们了,救救我女儿,我女儿有出息,了不起,你们一定要救她。我会挣钱交医药费的,我会喂猪、种地、做豆腐,我有钱,我现在就有 4000 块钱。"

医生握住他的手,摇摇头,表示这 4000 块钱是远远不够的。爸爸急了,他指指哥哥嫂子,紧紧握起拳头,表示:"我还有他们,我们一起努力,我们能做到。"见医生不回答,他又指指屋顶,低头跺跺脚,把双手合起放在头右侧,闭上眼,表示:"我有房子,可以卖,我可以睡在地上,就算是倾家荡产,我也要我女儿活过来。"又指指医生的心口,把双手放平,表示:"医生,请你放心,我们不会赖账的。钱,我们会想办法。"

大哥把爸爸的手语哭着翻译给医生,不等译完,医生已是泪流满面——父亲那急速的手势,深切而准确的表达,谁见了都会流泪！

医生又说:"即使做了手术,也不一定能救好,万一下不来手术台……"

爸爸肯定地一拍衣袋,再平比一下胸口,意思是说:"你们尽力抢救,即使不行,钱一样不少给,我没有怨言。"

伟大的父爱,不仅支撑着我的生命,也支撑起医生抢救我的信心和决心。我被推上手术台。

爸爸守在手术室外,他不安地在走廊里来回走动,竟然磨穿了鞋底！他没有掉一滴眼泪,却在守候的十几个小时间起了满嘴大泡！他不停地混乱地做出拜佛、祈求天主的动作,恳求上苍给女儿生命！

天为之动容！我活了下来。但半个月的时间里,我昏迷着,对爸爸的爱没有任何感应。面对已成"植物人"的我,人们都已失去信心。只有爸爸,他守在我的床边,坚定地等我醒来！他粗糙的手小心地为我按摩着,他不会发音的嗓子一个劲儿地对着我哇啦哇啦地呼唤着,他是在叫:"云丫头,你醒醒,云丫头,爸爸在等你喝新出的豆浆！"

为了让医生护士们对我好，爸爸趁哥哥换他陪床的空当，做了一大盘热腾腾的水豆腐，几乎送遍了外科所有医护人员。尽管医院有规定不准收病人的东西，但面对如此质朴而真诚的表达和请求，他们含泪接过去。爸爸更满足了，更有信心了。他对他们比画着说："你们是大好人，我相信你们一定能治好我的女儿！"这期间，为了筹齐医疗费，爸爸走遍他卖过豆腐的每一个村子，他用他半生的忠厚和善良赢得了足以让他的女儿穿过生死线的支持，乡亲们纷纷拿出钱来，而父亲也毫不马虎，用记豆腐账的铅笔歪歪扭扭却认认真真地记下来，张三柱，20元；李刚，100元；王大嫂，65元……

　　半个月后的一个清晨，我终于睁开了眼睛，我看到一个瘦得脱了形的老头。他张大嘴巴，因为看到我醒来而惊喜地哇啦哇啦大声叫着，满头白发很快被激动的汗水濡湿。爸爸，我那半个月前还黑着头发的爸爸，仅半个月，便似老了20岁！

　　我剃光的头发慢慢长出来了，爸爸抚摩着我的头，慈祥地笑着，曾经，这种抚摩对他而言是多么奢侈的享受啊。半年后，我的头发勉勉强强能扎成小刷子的时候，我牵过爸爸的手，让他为我梳头。爸爸变得笨拙了，他一丝一缕地梳着，却半天也梳不出他满意的样子来。我就扎着乱乱的刷子坐上爸爸的豆腐车改成的小推车上街去。有一次爸爸停下来，转到我面前，做出抱我的姿势，又做个抛的动作，然后捻手指表示在点钱，原来他要把我当豆腐卖喽！我故意捂住脸哭，爸爸就无声地笑起来，我隔着手指缝儿看他，他笑得蹲在地上。这个游戏，一直玩儿到我能够站起来走路为止。

　　现在，除了偶尔的头疼外，我看上去十分健康。爸爸得意不已！我们一起努力还完了欠债，爸爸也搬到城里和我一起住了，只是他勤劳了一生，实在闲不下来，我就在附近为他租了一间小棚屋做豆腐坊。爸爸做的豆腐，香香嫩嫩的，块儿又大，大家都愿意吃。我给他的豆腐车装上蓄电池的喇叭，尽管爸爸听不到我清脆的叫卖声，但他是知道的。每当他按下按钮，他就会昂起头来，满脸的幸福和知足，对我当年的歧视没有丝毫的记恨，而我都不忍向他忏悔了。

都说父爱比山高,母爱比海深,世上的衡量器不可胜数,却无法丈量他们的深度和宽度;世上的感情千千万万,唯独父亲给我们的爱像阳光那样温暖,像高山那样宽厚、雄浑,是我们永远都登不上的山巅。

爱到燃情还不够

桌子上除了两张通知书,还有一封遗书,那是她写的,写的是:她死后,把自己的眼角膜分别移植给两个孩子!

19岁那年她就结了婚,并先后生下了两个儿子。按理说这样的生活应该美满,但是,她却每天以泪洗面,年轻的她,面庞上过早地笼罩着同龄人少有的沧桑和痛苦。因为,她的两个儿子都患有先天性白内障,从小就生活在漆黑的世界里,看不见一丝光芒。

为了儿子,她访遍了名医,甚至连神僧巫师都看了,结果却只有一个答案:她的儿子永远也无法拥有与正常人一样的视力。医生们都劝她,不要再枉费精力和财力了,除非有人愿意捐赠眼角膜,否则,她的儿子永远无法治愈。

她是一个倔强的女人,哪里信得了这些。于是,她便带着两个儿子开始了天南海北的奔波,目的只有一个,那就是希望遇到名医,让自己的儿子早日康复。但是,可悲的是,上天总是让她事与愿违,除了那些为了骗钱的江湖游医,所有的医生都遗憾地摇着头拒绝了她。

为了给儿子看病,她卖光了家中所有值钱的家当,最后,连娘家给她的嫁妆也都搭了进去,但是,儿子的病却没有丝毫进展。转眼间儿子到了上学的年龄,她便把儿子送进了离家最近的小学。每天,她除了料理家务,所有的心思都花在了两个儿子身上:送他们上学,再到学校门口把他们接回来。由于儿子的眼睛看不到任何东西,大小便也需要她照料。可以说,两个儿子出世后的这么些年,她尝遍了人世间的酸甜苦辣,历尽了生活中的阴晴冷暖。

渐渐的,许多长舌的邻居开始背地里议论她,说她肯定是上辈子造了孽,这辈子降到了她儿子身上,不然,怎么会两个儿子都是双目失明? 后来,谣言传到了她丈夫耳朵里,她的丈夫也开始对她没好气,甚至有几次还对她大打出手,但是,一切的一切她都忍气吞声,因为她坚信,只要儿子的眼睛能够康复,那些莫须有的谣言便不攻自破了,家庭生活也会逐渐好起来! 所以,她想:只要儿子不受委屈,她这点儿委屈又算得了什么呢!

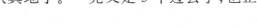

然而,令她始料不及的是,儿子的生活也并不好过。一天放学,早早守在学校大门口的她看到两个儿子都哭着跑了出来。原因让她非常痛心:因为儿子是瞎子,所以,所有的小朋友都不带他们玩! 她一把把两个儿子揽入怀中,校门外,母子三人哭成一团。

那年,她的大儿子13岁,小儿子12岁。因为没有视力,本该念初中的他们小学都还没有念完。

那天晚上,她彻夜难眠,天明之后,她做出了一个大胆的决定——把两个儿子从学校接回来,在家亲自教他们! 就这样,一熬就是4年,这4年,对于她比一个世纪还要漫长,因为,两个儿子都双目失明的痛苦,无时无刻不像巨石一样压在她渐已佝偻的身躯上,无时无刻不像刀子一样剜着她的心。她最怕的就是教儿子课文时,遇到有关颜色的字。记得有一次,当她读到"太阳是金灿灿的……"一句时,大儿子问她:"金灿灿是什么颜色?"她一瞬间愣在那里,两个儿子都不知道,那一刻,他们的妈妈早已心如刀绞,泪水纵横了她早衰的面庞!

就这样,她辛苦地教,儿子认真地学。一晃又是5年过去了,也正是在这 5 年里,她查遍了所有的医学书籍,证实了医生说的话没有错,除非做视网膜移植,否则,她的儿子们将永远见不到光明。所幸有一点让她感到欣慰,那就是这 5 年的艰苦生活没有白费,因为,她的两个儿子都以优异的成绩考上了高中。

儿子们拿到通知书那天,她第一时间并不是带他们去新学校报到,而是去了医院,她想知道什么时候有适合自己儿子的眼角膜可以移植,但是,医生告诉她,很少有死者愿意捐献自己的眼角膜,也就是说她的儿子在短时期内看见光明的希望仍是十分渺茫。听到这里,她再一次哭着跑回了家。

那是一个下午,她回到家,看到桌子上摆着儿子的通知书,两个儿子正在卧室里谈论着新学校的话题,他们在憧憬着高中生活的美好,甚至是大学生活的临近,不知道什么时候他们都睡着了……

第二天一早,两个儿子就哭着喊醒了他们的父亲,因为,就在两个小时以前,年仅 37 岁的她——两个失明孩子的母亲,用一条绸带结束了自己的生命。桌子上除了两张通知书,还有一封遗书,那是她写的,写的是:她死后,把自己的眼角膜分别移植给两个孩子!

这是 2006 年 3 月 18 日发生在印度的一个真实的故事,这个母亲名叫塔蜜莎维。她死后,那里的医生们用尽一切努力,终于把她的眼角膜分别成功地移植到了她的两个儿子身上,今天,他们已经幸运地获得了光明。

(李丹崖)

理解悟语

母爱是伟大的,母爱是无私的,我们人人都明白,但是又有谁真正读懂了母亲?扪心自问,母亲为我们做的太多太多了,而我们为母亲做的,实在是太少太少了。认真地爱母亲吧,在享受爱的同时学会付出爱,你才能理解爱的真谛。

闪光的母爱

没有她的名字，没有她的生平，所以墓碑上只有一行文字："一个全身上下都闪烁着母爱光辉的女人。"

这是一个不幸的女人，在一个风大雨大的夜晚，一辆肇事车将她从斑马线上撞飞出去，又在茫茫夜色中逃逸。她又是幸运的，我们的交警和医院、社会保障等部门统筹协调，开通了"交通事故绿色生命通道"。这个绿色通道让她在第一时间得到了最好的医疗救护，也没有医疗费用上的后顾之忧。

自从入院以来，她一直昏迷不醒。医生说她部分神经受到损伤，也许永远也醒不了。她怀有身孕已经 5 个多月了。由于治疗上的需要，应该考虑引产。可当她从神经外科转到妇产科病房，医生却迟迟下不了决心实施这个手术，她腹中的胎儿不仅发育正常，而且在一些生命指数上，高于同孕期胎儿，这简直就是一个奇迹。

她的身世也是个谜。在事故现场，只遗落着她简单的行装。她是谁，她有着怎样的人生？她从哪里来到哪里去？她的匆匆旅程是与谁相约？她腹中的胎儿的父亲是谁？这其中有着怎样的故事？只要她不清醒，这一切都将无从知晓，更无人清楚她在出事之前，日子是快乐，还是忧伤。

她得到了妇产科最精心的护理，她们让她的身体始终干净清爽，散发着孕妇特有的芬芳。她们愿意与她共同呵护一个生命奇迹。

时光在她的昏睡中一天天过去。后来她被推进了产房。后来医生骄傲地宣布：5公斤重的男婴，健康极了。那一刻有掌声响起。

护士小姐把她的孩子抱来给她看，她们觉得母亲是植物人，但是也应该母子见见面。她们惊喜地发现她胸前濡湿一片，有乳汁分泌。她们小心翼翼地把婴儿的嘴贴上去。随着婴儿本能的吸吮，她脸上的肌肤竟然在微微颤动，那分明是笑啊。此时，每当护士把她的孩子抱来吃奶时，她的脸上都会出现这种幸福洋溢的表情，有时嘴里还会说出含混不清的音节，亦如一位快乐的母亲在对着婴儿呢喃的细语，神经科医生以此推论：她的大脑可能一直是有意识的，清醒的，只是神经中枢连接出了问题，使她失去了语言与行动能力，无法表达自己的思想与感受。

她的身体已虚弱到了极点。母乳喂养，只能加速她的衰竭。可是，谁又能忍心剥夺她这样一位母亲哺乳的权力。

三个月后，又一次让孩子吃得饱饱的，她终于平静安详地离开了这个世界。很多人都想领养她的孩子。几经权衡，我们还是选择了儿童福利院。福利院长大的孩子都姓"党"，老院长也说了，他们不会让这孩子受一丁点儿委屈，否则就对不起她妈妈。

根据有关的政策，她的丧葬费只有几百元，是不能把一个人体面打发上路的。我们交警队事故科的同事，凑了2000元钱，请护士小姐给她买几件新衣服。护士长却说："不用了，我们都已经准备好了。那一天，我们医院所有已经做了母亲和将来会做母亲的人，都会去送她。"护士长还说，她入院时体重121斤，分娩后体重86斤，临终前的体重只有63斤。她是在以自己的血肉孕育、哺育这个孩子。本来她生下他后，就可以"去的"，可是她怕自己的孩子没有奶吃，怕他觉得孤独，又坚持在人生路上陪他走了一段。

后来我们用这点儿钱为她买了一块平价墓地。没有她的名字，没有她的生平，墓碑上只有一行文字：一个全身上下都闪烁着母爱光辉的女人。

（刘　卫）

爱，只要是沾染了母性，她就不再是一种简单的爱。或许，选择做母亲就注定了要选择付出与牺牲，每个人的生命都是母亲用心血恩泽而成的！正是这份付出与牺牲，才真正体现了母亲的责任，更体现了母亲的伟大。

妈妈的承诺

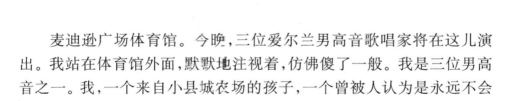

我的脚底无法感觉出音乐的节拍，但在我心底，音乐却在流动，就如妈妈给我的承诺。

麦迪逊广场体育馆。今晚，三位爱尔兰男高音歌唱家将在这儿演出。我站在体育馆外面，默默地注视着，仿佛傻了一般。我是三位男高音之一。我，一个来自小县城农场的孩子，一个曾被人认为是永远不会走路的孩子，却在这个世界上走了这么远。

我找到了进入这座辉煌建筑的表演者入口，来到了更衣室。世界上一些顶级的音乐家曾在这里演出过，一些最优秀的运动员也在这儿竞技过。上帝啊！看着外面空旷的舞台，我不禁怀疑自己是不是走错了门。

我走到舞台中央。几个小时后，我将和两个同伴——约翰·麦克德尔蒙特和安东尼·基姆斯，一起为一万五千名听众演唱。我低下头看我的裤子，它掩藏了我的两条假腿。根本就不要去想我能站在这个舞台上演唱，我想，我能够走到这儿就已经是奇迹了。

妈妈总是说，我在表现自己时一向都很大方，从娘胎出来时，就又踢又喊的。但是有一个问题。都柏林医院的医生告诉我的父母，我患有短肢畸形，一种影响双腿膝盖以下部分的畸形，胫骨向外张开，比正常的短，而且每只脚只有三个脚指头。

我被送往都柏林儿童医院做进一步治疗，尽管医生能做的并不多。最后，父母把我接回了家。

生活非常艰难。我不能站，更别说走了。我很少离开农场的房子——除非有人把我抱出去。无论什么时候，无论什么季节，妈妈带我去镇里时，总是把我捆扎得结结实实的。除家人外，没有人会看到我的腿。并不是我的家人以我为耻，不，绝对不是。他们非常爱我，只是因为我妈妈有她的计划。

"我不想让他看到别人用异样的眼光看他。"她告诉爸爸，"我要让他长大，我相信他和别人拥有同样的机会。"

"你不能把他封闭在世界之外。"爸爸说。

"等他能走时，世人会看到他的，"妈妈回答，"而且他一定会走。"

妈妈尽其所能帮助我。为了让我能站起来，她尝试了各种各样的方法。她试图用玩具来诱惑我，把它们放在离我很近的地方。"快站起来拿啊！"她催促我，可我做不到，我们都能看到对方脸上的沮丧。我长大一些后，她和爸爸把我带去都柏林的假肢诊所。"罗南，你将获得新腿。"爸爸说。

我当时3岁。医生仔细地给我做检查。在上个世纪60年代，假肢技术只能说是刚刚起步。他们把我放在一张桌子上，在我的身体上面放一张大的硬白纸板。一个人在上面画出我的身体轮廓，另一个人测量我的臀部到膝盖及膝盖到脚踝的尺寸。接下来，他们用石膏做出我的大腿模型，作为假肢的模子。

我感觉自己就像一只实验室里的老鼠。"妈妈，"我问，"我为什么需要这些？"在家里，我是爬行冠军，我有着强壮的肩膀和手臂。

"为了让你像别人一样行走。"她告诉我。

"我今后都要用它们吗？"

"是的,要用。"她说。

我不知道我是否想要经历这些。改变是可怕的,尤其是对一个孩子来说。我不明白这些东西会起什么作用,但妈妈坚持这样做,爸爸也支持她。"这是为你好,儿子。"他说。

几个星期后我们再次来到都柏林。我的假肢做好了。在检查室,妈妈闭上眼睛,为我祈祷。我知道她是在祈祷我能走路。她每天都在为我祈祷。我也闭上眼睛,和她一起祈祷。

医生进来了,他拿着一双看起来就像是长及膝盖的、女士穿的系带长靴。"穿上这个,"他递给我一双皮袜子,"它们可以保护你的脚不被靴子里的铆钉划伤。"接着,一次一条腿,他把我的腿塞入靴子里,并用带子束紧。靴子的两侧是加固的钢杆,让脚保持在适当的位置。他把我从桌上抱下来,让我踩在地板上。我的面前是平行双杠。

"抓住双杠,小伙子,试着站起来。"他说。

我伸出手,紧紧抓住双杠,把自己拉到站立的位置。"我站起来了!"我兴奋地对爸爸妈妈说。你无法想象那是多么难以置信的感觉。直到今天,我仍然清晰地记得那种感觉,那种终于站立起来的感觉,再也不用爬,再也不用别人抱了。

"现在,走。"医生对我说。

我深深地吸了一口气,把重心转移到左脚,然后提起右脚,迈了出去。靴子里的脚似乎比铅还沉。我把它放在闪亮的地板上,然后,我又用同样的方式迈出了左脚。

"我能走了!"我大喊道。

我又走了几步。爸爸的眼圈红了。妈妈紧握着他的手,自豪地笑了。

回家后,我继续练习走路。刚开始靠借助周围的物体,后来有一天,就在我 4 岁生日前不久,我完全能自己走了。"世上没有什么事是别人能做而你却不能做的。"妈妈说。她转向爸爸:"是该让罗南去看看世界了——也让世界看看他。"

"我们去镇里走一趟。"她对我说。

第二天,妈妈给我穿上红色粗棉布做的裤子和格子衬衣。妈妈穿了一条连衣裙,并化了淡妆。爸爸开车送我们到镇里的教堂门口。我们从车里下来,妈妈握着我的手,说:"罗南,现在,把头抬高点儿。"

走了300米,我们到了第一站:邮局。那是我走过的最远的路。我累得气喘吁吁,浑身是汗。妈妈跟工作人员打招呼:"我今天带了罗南来。"一位女士从柜台后面走出来看我——镇里很少有人见过我。她递给我一个黄色的棒棒糖。"这就是那个可怜的小家伙吗?"她问。

我们离开邮局,继续沿着街道走,妈妈眼里满是做母亲的骄傲。她把我带进一家又一家的店铺。沉重的靴子和我张开的双脚让我的步态很不自然。人们盯着我看,我低声对妈妈说:"我不喜欢这样。"

"我知道你不喜欢,罗南,"妈妈说,"但是今天过后,这些人就不会再这么注意你的腿了。他们只会看到你的勇气。"

"好吧。"虽然我觉得很痛,但还是继续往前走。在村口我们遇到了教区教士。"噢,这就是那个病弱的小家伙吗?"他问。

"先生,我的孩子都不病弱。"妈妈回答说,"尤其是这个。而且他也不会一直这么小。"说完,我们继续往前走。

那天晚上回到农场,我躺在床上,感觉筋疲力尽,疼痛难忍。到了第二天早上,我仍然觉得痛。可与能够走路相比,疼痛算不了什么。我人生的新篇章开始了,我永远也不会忘记那一天。

人生依然艰难。最后,我不得不切除双腿膝盖以下的部分。我装了新的假肢,但还是觉得疼痛。然而,无论何时,当疼痛变得难以忍受时,我就会记起和妈妈一起走过的那段路。

我参加过世界残疾人运动会,并取得骄人成绩。

我决心做一名医生,也真的拿到了医学学位。

再后来,我放弃了稳定的工作和收入,开始追逐自己的歌唱梦想。当我在人生的道路上艰难跋涉时,妈妈的话总会在我耳边回响——"罗南,别人能做的事,你也能做。"

我曾与世界一流的音乐家一起在欧洲最盛大的舞台上演出,但麦迪逊广场体育馆一直是我心中的艺术圣殿。那天晚上,当我走上舞台时,妈妈的话又在我耳边响起。灯光闪烁,听众们站了起来。在乐队开始演奏前,我深深地吸了一口气。我的父母不在人群之中——爸爸已经去世,妈妈在爱尔兰——但我想象着他们微笑的脸庞。乐队指挥举起指挥棒,乐队开始演奏我的一首独唱曲——《我深爱的小镇》,我开始歌唱。我的脚底无法感觉出音乐的节拍,但在我心底,音乐却在流动,就如妈妈给我的承诺。

([爱尔兰]罗南·蒂南 编译/罗雪梅)

理解悟语

　　每个人都有过母爱的滋润,嗷嗷待哺,牙牙学语,蹒跚学步,临行前的嘱咐,远离后的挂念,遇挫时的宽慰,前进中的激励……一切的一切让你无时无刻不刻骨铭心地感受到母爱的崇高和无私,叫你不能不从心底里捧出你最真挚的爱去回报她!朋友,你做到了吗?

聋哑爸妈的爱

　　我的爸爸妈妈贫穷而卑微,却以两个小人物的全部能量,把女儿托举到受人羡慕和尊重的高度。

　　爸妈在聋哑学校同窗十载,结下了深厚情谊。妈妈21岁时生下我,两个生活在无声世界里的人,听不见,也说不出,抚养我自然要比正常人付出更多的艰辛。我10个月大时,爸妈每次外出做小本生意,为防止独自在家的我从床上掉下来,都用绷带把我松松地拴在床帮上。有一次,绷带留得长了些,我被吊在床边,两头不着岸,"哇哇"大哭

123

起来。父母回家后，从窗外看到我不在床上，便以为我被坏人抱走了，于是两人"哇哇"哭叫着冲出院门，一路疯跑着，挨家挨户地打听我的下落。一个多小时后，爸妈没有找到我，就跑回家取钱准备搭车外出寻找，这时才发现了吊在床边的我。

转悲为喜的两人轮换抱着被憋得脸色发紫的我，爸爸还用一只手使劲揪住自己的耳朵，另一只手做了个割耳朵的动作，妈妈则弯曲手指揪着自己的喉管——他们是在恨自己有耳朵听不见，有嗓子不能说啊！我看到爸妈这么奇怪又"有趣"的动作，居然"格格"地笑了起来，爸妈也不由得破涕为笑。

一转眼，我背起书包上学了，可一进校门我就受到了一些同学的歧视。他们不叫我的名字，而是叫我"哑巴崽"。我万般委屈地跑回家，揪住妈妈的长发又哭又闹。爸妈也抱住我哭。爸爸在小院里足足转了20圈，而后用笔写下："女儿别怕，爸爸保证明天起就没人敢欺负你！"那天，爸爸去了校长办公室，一下给校长跪下了，并用笔写道："校长大哥，你必须答应我，谁也不准欺负我的蕴蕴，否则我就不起来。我女儿是多么的聪明又脆弱，我和她妈妈已经对不起她了呀！"校长的眼圈红了，他当即召开校务扩大会议，要求全校师生爱护和扶助像我这样家庭出身的学生。

1997年我高中毕业，家中因供我读书已欠下3万元债。高考过后，我以640分的好成绩被北京一所著名高校录取。我把录取通知书悄悄藏起来，骗爸爸妈妈说没考上。谁知，我的话一出口，就被爸爸妈妈揭穿了："你的高考成绩我们早从大红榜上抄下来了。"

为了筹集我上大学的费用和应付天天上门的债主，爸爸妈妈痛下决心，要把我们赖以栖身的两间小房卖掉。买主只肯出39000元，爸爸急了，又是比画又是写，非让对方无论如何再加1000元，因为还清债后必须余出1万元才够我一年的费用。买主无论如何也不肯答应，爸妈手拉着手，在小院里转来转去，后来，爸爸把圈里的两头正长膘的大肥猪牵到买主面前。买主还不高兴，爸爸又和妈妈把笼子里的三十多只鸡也捆起来摆在买主面前。接下来，爸爸把身上那件半新的T恤也脱了下来，准备"押"上去……这时，妈妈，我，还有买主，都哭了。

我去学校报到那天,爸妈特地为我做了一桌子可口的饭菜,他们则坐在一旁看着我吃。看着三十多岁就有了白发的可怜的爸妈,心想今后他们不知栖身何处,我终于忍不住扑在妈妈怀里大哭起来。

大学一年级的寒假,我从学校回家得知爸妈搬到了市郊一座被菜农遗弃的临时房里。为给我积攒以后的学费,爸爸妈妈干起了运送大粪的活儿。他们怕干这样的脏活让我脸上无光,于是舍近求远搬到这里。

爸妈见我知道了他们拉大粪挣钱的事,心里很是不安。晚上,妈妈在数一天挣来的零碎钞票时,不好意思地比画着说:"爸妈无能,你不会嫌我们赚来的钞票脏吧?"我抑制不住地哭了,对爸妈打着手语:"爸,妈,女儿永远不会嫌弃你们。"我用爸爸妈妈拉大粪赚来的钱,加上勤工俭学读完了大学,又考上了研究生。爸妈高兴坏了,手牵手跑到附近的街道上,见谁给谁报喜。别人不懂他们的意思,他们就到商店买了几张大红纸,裁成小纸条,写上"我女儿考上研究生了",然后沿着街道边走边撒。

2004年,我如期拿到硕士学位后,又顺利地考上了博士生。在我进京深造前夕,社区领导特地为我开了一个气氛热烈的欢送会,并让我和爸爸妈妈坐在敞篷轿车上,沿市中心大街游了一圈。

我的爸爸妈妈贫穷而卑微,却以两个小人物的全部能量,把女儿托举到受人羡慕和尊重的高度。面对他们充满深情的眼睛,我没有任何理由不比别的孩子做得更优秀!

(阿　青)

理解悟语

世上绝没有卑微的父母之爱,无论贫贱富贵,天底下的父母都是一样的,他们的爱都是天下最伟大、最高贵的爱。不管你的父母是否富有,是否博学,是否美丽,请全心全意地爱他们吧,正如他们给了你他们生命的全部一样。

父 爱 如 禅

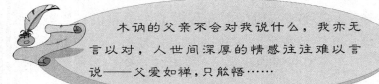

木讷的父亲不会对我说什么，我亦无言以对，人世间深厚的情感往往难以言说——父爱如禅，只能悟……

　　我感到有一只手轻轻却又坚定地一下一下推着我，睁开眼，父亲如冬晨河岸上的枯树桩般站在我的床边。我懵懂着爬起来，周围的鼾声此起彼伏，别的新生还在甜美地睡着，远大而美好的前程在他们的梦乡中是怎样一幅广阔的画卷啊！本来我也同他们一样，不，比他们更有权利梦想美好的未来！我以比他们更优异的成绩考入这所名牌大学，但却由于先天性心脏病而不得不等待严酷的"判决"——鉴于我的病情，校方坚持必须经过医院专家组再次严格体检，认可后方能正式接收。前途未卜，一种将被整个世界抛弃的末日之感包围着我，心中自是一片荒芜与凄苦。

　　过了许久，我声音颤抖着对父亲说，你不能等我体检后再回去吗？话音里分明已带着哭腔。父亲掏出根烟，却怎么也点不着。我说你拿倒了。他苦笑，点着烟深深地吸了两口。我突然发现地上有一堆烟头，哦，半夜似醒非醒时看到的那忽明忽暗的星火不是梦境，父亲定是一夜没合眼了！

　　父子相对无语。

　　"我有事的，真的有事。"父亲一脸愧疚，"我，真的必须尽快赶回去，不能在这儿等体检结果了。4点了，再晚就赶不上火车了。"烟烧到了尽头，父亲的手被烫得一哆嗦。"你走吧！"我突然恶声恶气地说，"不就是个大学吗，上不上无所谓的！"父亲的头缓缓抬起，凝视着我。似乎过去了一个世纪，父亲才低声说："不敢再耽搁了，我走了，你快睡下吧。"

父亲仓皇地逃离了，我还是禁不住追着送他。下楼梯时，明亮的灯光下父亲赫然的白发刺痛了我的双眼。

父亲回头发现了我，低声却严厉地说了一句："回去！没事的，我没事，你也会没事的。"然后扭过头疾步而去。我的头脑中一片茫然，但我还是身不由己地追赶着父亲。偌大的校园一片静寂，只有一些不知名的小虫在角落里哀鸣。我努力地捕捉昏黄路灯下父亲的背影，多么希望父亲能再回一下头，更希望他改变主意留下来。转身返回的瞬间，我委屈、愤懑的泪水夺眶而出——父亲，儿子多么希望有你陪伴度过这漫长难挨的三天啊，在决定儿子命运的关键时刻你却逃离了，什么大不了的事要你一个普通工人急着去处理……

苍天有眼，我总算勉强通过了体检这一关。连夜把电话打回家，妈高兴得语无伦次。我让妈把电话给父亲，妈说你爸听到了，他欢喜得流了泪哩。我坚持让父亲接电话，我要让父亲亲耳听到独自闯过了体检关，已成为名牌大学学生的儿子的声音。

妈的声音有些哽咽："你爸他，他不能接电话，他，他……"我的心一下子提了起来："我爸怎么啦？"电话中传来父亲倔强的声音："别瞎唠叨，我没事，没事……"接着是一阵呼啦啦的声响，父亲终于气喘吁吁地接了电话。"你放心，我没事，真的没事，你只管安心读你的书。我说了，你会没事的，往后也会没事的……"

我还是知道了，父亲不但扭伤了腰，而且为了我险些把老命都搭上……我们市发电厂一百多米高的大烟囱需要人爬进去清理，尽管标出 3000 元的高价还是没人愿意干。就在送我到学校的前两天，父亲得知了这消息，瞒着家人去揽下了这赌命的差事。

父亲，儿子明白那天你为什么要迫不及待地赶回去了，那时离你去电厂卖命只剩下 25 个小时，且厂在 25 小时后停机 13 小时，你必须在这 13 个小时内清理好烟囱，而火车运行就需 23 小时零 20 分钟。等你在火车站下了火车再赶到电厂，只有 1 小时 40 分的时间，你在儿子身边坚持到了最后一分钟。

原来父亲早已打听好了，即使我现在能坚持上大学，一年后也必须进行心脏手术。手术的费用对我们这个靠父亲微薄工资生活的家庭来说，简直是个天文数字，父亲是在用自己的命换儿子的命啊！

我的心被父亲的心撞得发烫、发痛，热泪奔涌如决堤之水……木讷的父亲不会对我说什么，我亦无言以对，人世间深厚的情感往往难以言说——父爱如禅，只能悟……

（倪新宇）

理解悟语

越是司空见惯的东西越容易被忽略，父爱又何尝不是如此？更多时候我们把父亲的关心理解成唠叨，把父亲的严厉理解成教条。换个角度看父亲，你就会发现，在深沉的父爱面前，我们是那么的渺小。

128

爱的第100种语言

让 小 学 生 理 解 父 母 的 100 个 故 事

那个为你的幸福可以忘我的人，那个为你的快乐可以奔忙一生的人，那个看见你狼吞虎咽而舍不得吃一口的人是爸爸；那个因你远行而焦急盼归的人，那个因你生病、痛苦而心碎流泪的人，那个永远向你敞开温暖怀抱的人，那个至死不渝地爱着你的人是妈妈！

因为爱有第100种语言，所以父母的爱有千万种表达方式——这需要我们用心去解读。

爱的第100种语言

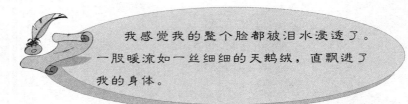

我感觉我的整个脸都被泪水浸透了。一股暖流如一丝细细的天鹅绒，直飘进了我的身体。

我侧身、低头，默默地坐在一个角落里，视线所及，全是乳白色的墙。我将眼睛略略地抬了抬，看到了门后面的一个人影。

这个人影高高的，留着过时的齐耳短发。我的口很渴。我用力扭了一下身子，直了一下腰，喉咙里就发出了一阵阵的"咕噜"声。她回过头，看着我，没有说话，径直走过来，端起我面前的杯子。我将头稍微偏了偏，她把杯子放在了我的嘴边，然后倾斜，水就流进了我的嘴里。

我和她无须用其他的方式交流，我们之间没有语言，但哪怕是我的一个小小的动作或是一个不经意的举动，她也能很准确地理解我的意思。我们这样生活已经好多年了，这个狭小的空间里就只有我们两个人。

她在房间里来回走动，手里收拾的全是刚才被我弄得满地都是的东西。过了一会儿，她抬手看了看表。看完表，她又走近我，将我的身体在轮椅上摆好，拍了拍我的衣服，然后从椅子的边上拿出几条链子，轻轻地套在了我的两只手上。这样，我的整个身体就只能老老实实地待在椅子里。因为我的脚从来就没有过知觉，用链子套住我的手，这也是好多年前就形成的习惯了。从我对这个房间有丁点儿的记忆开始，我就经常受到如此的待遇。

她把我的身体固定好了之后，照例又呆呆地站在我的身边，痴痴地看着我。每次她这样的时候，眼角都会流出一滴滴的泪。这次也不例外。我静静地坐着，还是一言不发，因为我不能说话。

　　良久，她用手擦了擦眼角，低下头，在我的额头上亲了亲。我感到一股暖流就如一丝细细的天鹅绒，直飘进了我的身体。之后，她开门走了出去。

　　这样的情景，每天至少要发生两次。一次是早上，一次是中午。

　　我看着她走出去了，先是安静了一会儿，然后我觉得手上的链子是那么不舒服。我讨厌这玩意儿。像以往一样，她一关上门，我就用力挥动着自己的手。

　　我不停地用着力。椅子在我身体的作用下不断地转换着方向，后来还向前滑动。我感觉自己的手隐隐作痛，但我顾不上这么多了。

　　椅子依然在滑动着。突然，我感觉自己的手得到了解放，一只手上的链子断了！我有了一种被释放的感觉。我一阵兴奋，继续挥动着另一只手。这时，椅子越滑越快。但我已经顾不上那么多了。

　　就在我感觉自己的另一只手也快要摆脱束缚的时候，我突然感到自己的头重重地撞在了一个硬硬的东西上，然后我的耳边就传来了一阵轰隆巨响，我瞬间失去了知觉。

　　醒来后，一大群人围在我的身边，他们用毫不避讳的神情在说着什么事。他们说，就是这个傻子，他母亲出去工作了，他却在家里把煤气罐弄翻，还引起了煤气泄露。幸好隔壁邻居听到了"砰"的一声巨响之后及时叫警察开了门，才没有酿成大祸。我不知道他们说的"傻子"是谁，但我却看到他们都在望着我。我发现自己正躺在一张床上，浑身无力，周围好多来来去去的人，都穿着白色的衣服。

　　一会儿，每天都用链子把我绑起来的那个人赶来了。她满脸灰尘，神情倦怠，眼神却很是焦急。如坐在我的旁边，一下子抱住我的头，泣不成声。周围的人都在摇着头，好像很无奈。我听到一个人说，不容易啊，15 年，15 年如一日地独自照顾着自己的这个弱智儿子，还没有正式工作，全靠打点儿零工，捡点儿破烂维持生计，难啊。其他的人都表情夸张地摇着头走出了这间房子，甚至有的人走时脸上还满是泪痕。

　　我发觉她搂着我的时候，我的鼻孔出不了气，窒息得有点儿难受，好像那链子绑着我时的感觉。于是我便用力动了动，想挣脱那个怀抱。她却更用力地将我揽在了怀里。我感觉到她脸上流出的那一行一行液体流到了我的脸颊上，暖暖的，涩涩的。

　　我很生气。每次出现这种情况的时候，我都怕她那含着苦味的泪水流到我的嘴里。我害怕苦味，我用尽了全力想挣脱。

　　这时，我听到她说话了，语气似乎很悲伤，她说，小辉，我也不想把你绑起来啊，但妈要挣钱，又雇不起人照顾你，不这样，妈也没有办法啊！妈怕你一个人在家乱动会出事，才用链子把你绑起来的呀！

　　说完，她又用力抱了抱我，嘴里还在喃喃自语。我却从她的自语中又一次听到了一个熟悉的名词，这个名词每天都要从她的嘴里说出来好多好多次。我有点儿困惑，张了张嘴，却突然听到了自己的声音。我吃了一惊，我可是从来都没有听到过自己的声音啊。莫非这声音就是所谓的语言？我有点儿疑惑，我曾经想过语言的好多种形式，如果我会数数，我相信至少会有99种。但今天，我却明显感到，从我嘴里发出来的这种声音，跟我曾经想过的那99种都不同！我听到了那声音，那声音是我说的一句话，也是我记忆中自己说的第一句话，这句话是："什么是妈啊？"

　　那个正流着泪紧紧抱着我的人一听，猛然一怔，之后她就露出了极度惊喜的神情，然后将自己的脸紧紧地贴在了我的脸上，无一丝的空隙。

　　我感觉我的整个脸都被泪水浸透了。一股暖流如一丝细细的天鹅绒，直飘进了我的身体。

（张祖文）

理解悟语

　　在我们成长的道路上，母爱一直伴随在我们的左右。伤口流血了，总是母亲来包扎；受到委屈了，总有温暖的胸怀可以依靠。朋友之间，礼尚往来；而母亲，在她付出爱的时候，从没有想过是否有回报，因为——母爱无私。

模 特 父 子

他们纷纷站起来，举起手中爸爸的画像，慢慢地走近我们父子。忽然，他们齐声喊道：爸爸，您是我们最伟大的爸爸！

那一年，我考上了工艺美术学校。当我接到录取通知书时，快乐得像只小鸟。但当爸爸看过"报到须知"后，眉头上顿时刻上个"川"字，蹲在门边"叭嗒、叭嗒"地吸着旱烟。我知道每年4000元的学费把爸爸吓傻了，对他，那可是一笔"巨款"呀！

以后的半个月，是我们家最沉闷的日子。常年生病、卧床不起的娘，整日以泪洗面。黝黑、憔悴的爸爸只顾默无声息地刨土，对着土地发泄他的全部压力和忧愁。

这天，爸爸闷闷地踏进了我的小屋。爸爸很无奈，也很迟疑，古铜色的脸上布满了惭愧。犹豫再三，他终于喊了我的乳名："勇敢，我知道你是个勇敢和懂事的孩子！我看这学就不上了，家里没钱呀！"

什么？不念？虽然这是预料中的事，可是我仍然希望它是假的。

"唉，勇敢呀，不是爸爸不爱你，也不是娘不疼你，可这每年好几千块钱的学费，我是真的筹不齐啊！"爸爸紧紧地捏着旱烟袋，无可奈何地走出我那弥漫着忧伤空气的小屋。

我跑到娘的床前，用力摇着娘那干柴似的双手："娘，我要读书！不读书，没有知识，会穷一辈子的……"我失声痛哭，好像娘就是儿永远的彼岸。

"好，勇敢，不要哭了，我再想想办法。"爸爸不知什么时候又进来了。

这时娘也坐了起来，用她那粗糙的手擦着我那忧伤的泪水。"勇敢爸，是不是再去给娃借一借。"娘露出了企求的目光。

开学的日子越来越近了，爸爸每天早出晚归，到离家几十里的镇上做泥瓦工，为我艰辛地筹措着学费。

开学这天清晨，爸爸轻轻地敲了敲我的门，"勇敢，快起来，收拾一下，上路了！"不一会儿，娘给我端来了热气腾腾的鸡蛋面。爸爸小心谨慎地递给娘一个小纸包，"给孩子缝在腰带里吧，路上不安全。"然后，回转头，对我说："勇敢呀，爸爸只筹到 2500 块，还差 1500 块，你先去报到，过两天，我送去！"看着爸爸和娘忙碌的身影，我哭着上了路。

来到学校，我向班主任反映了我家的情况，要求勤工俭学。班主任说和油画系主任联系一下，安排我到美术学院去当人体模特，一次可得 200 元。听说当人体模特，我犹豫了，这要是让同学们知道该多丢人呀。班主任看出了我的犹豫，说你是学绘画的怎么还这么封建？

第二天，我硬着头皮走进了美术学院。油画系主任可能看出我有点儿不好意思，他拍着我的肩膀说："小伙子不要害羞，这是一项崇高的工作，是纯洁的艺术。为了让你很快进入角色，第一节课，你先去观摩一下，模特没有什么特别的，你只要自然、朴实就行！"

跟着他，我忐忑不安地走进画室，灯光下，那位模特背对着我，很自然地展示着自己的肌体，忽然，我心里一动，模特后背上一道疤是那么的耀眼，那么的熟悉。

"爸爸……"我脱口而出。

模特一震，刚要转过来的头，又转了过去。

"爸爸，爸爸……"我冲上前去，紧紧抱着爸爸的裸体。那撕心裂肺的哭声，震撼了全体学生。他们纷纷站起来，举起手中爸爸的画像，慢慢地走近我们父子。忽然，他们齐声喊道：爸爸，您是我们最伟大的爸爸！

原来，油画系主任在了解父亲为儿子筹措学费的情况后，突发灵感，组织学生举办以"父与子"为主题的油画展，想不到的是，模特竟然是我们这一对真正的父子……

（杨福臣）

父亲的爱如同一瓶陈年老酒,历经岁月而愈加淳厚,在儿女的记忆中,父亲总是慈爱和严厉的。如果说母亲是那温暖的怀抱,可以给你无微不至的呵护,那么父亲就是那坚强的脊梁,在同样无私的付出里可以让你感受到生命的责任。

父 爱

父亲眼噙泪水,哽咽着对儿子说:"当我想你的时候,我就看看这张地图上的两个红点儿和一条红线!"

我有一位好朋友,很苦恼 因为他与父亲的关系很僵,父子俩常面对面地坐着,一两个小时没一句话可说。朋友认为父亲不理解他,换句时髦的话来说,就是父子之间存在着很深的代沟。

最近,朋友受公司派遣,要到南非的开普敦去工作。

他回到家里,吃完饭,父子俩又面对面地坐在沙发上,谁也不说话。过了一会儿,儿子开口了:"爸,我想和您谈一件事!"

"什么事?"父亲平静地问。

"我要到开普敦去工作了。"

"哦,我知道了。"

停了一会儿,父亲问道:"什么时候走?"

"后天。"

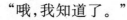

"哦,我知道了。"

"那……什么时候回来?"父亲身子往前挪了挪,急切地问。

"我不知道。"

"哦,我知道了。"父亲说这句话时,儿子看见父亲眼睛里噙着泪花。

房间里又沉寂下来了。

过了一会儿,父亲颤巍巍地站了起来,摇晃着走向书房。儿子看着父亲摇晃的背影,眼睛也有些湿润,想喊住父亲,但终究没有说出口。

过了一会儿,父亲从书房走了出来,手中拿着一本《世界地图册》和一支钢笔。走到儿子面前,有些激动地问:"开普敦在哪里?"

儿子拿过地图册,指着说:"看,就在这里!"

"在这里……"父亲一边喃喃自语,一边用笔在开普敦所在的位置点了一个红点儿,又在镇江所在的位置点了一个红点儿,然后画了一条红线,将镇江和开普敦连接起来。

父亲眼噙泪水,哽咽着对儿子说:"当我想你的时候,我就看看这张地图上的两个红点儿和一条红线!"

(贺爱民)

理解悟语

　　父爱朴实慈祥。它的外表并不华丽,却拥有无比深厚的内涵;它并不像母爱一般和蔼、宽容,但它同母爱一样无私,不求回报。父爱是深沉的,它是寓于无形之中的一种感情,只有用心去体会的人才能体会到那其中浓浓的爱子情深。

红糖饺子

吃饭的时候，我笑得很灿烂，但在低头的一瞬，泪水滑到了碗里。红糖饺子，真的很甜很甜……

我和一般人不一样，打小，伙伴们在我身后喊"拐子妮，拐子妮，嫁给光棍当媳妇儿"的时候我就知道了。

冬天，穿着厚棉衣的孩子们爱玩沙包，但我是孤单的。没人愿意和我在一起。回到家，我缠着妈妈给我缝一个。妈妈摸着我的头，泪珠儿就一颗一颗掉下来，掉进我的脖子里，冰凉冰凉的。

然后，我就拿着妈妈给我缝的新沙包，兴冲冲地跑到街上。我学他们的样子跳着往前踢，结果，重重地摔在地上，手擦出了血，我也不停止，旁边是伙伴的嘲笑声。我咬着嘴唇，强忍着不让眼泪流出来。妈妈来了，她冲过来把我紧紧抱住。她的身子在急剧地颤抖。

我在她怀里挣扎着哭喊："为什么我玩不成？为什么，为什么？是不是因为我是拐子？是不是？"

妈妈没有回答，8岁的我，终于知道自己是个拐子，是个没用的残废。

从此，我开始沉默。在学校，课余时间我除了看作文就是读童话；回到家，就缩在自己的小室里，用妈妈的碎布拼成美丽的房子、小树和小女孩。我在封闭的空间里幻想着自己的未来能像白雪公主一样。

妈妈破天荒包了一个红糖饺子。她说,老家过年,总要包一个红糖饺子,谁吃到谁就是最有福气的人。我站在炉火旁,看妈妈把饺子下到锅里。我想当那个最有福气的人。

吃年夜饭时,妈妈一再叮嘱:"小心点儿哦,红糖饺子不知道在哪个碗里呢!"尽管这样,我还是被红糖饺子"甜甜"地烫了一下,我兴奋地大叫:"我吃到红糖饺子了!我是咱家最有福气的人!"妈妈笑,哥哥姐姐也用近乎嫉妒的眼光看着我。我小小的虚荣心得到极大的满足。

也就是在同一年,我的成绩稳居年级前三名,我的手工制作得了全市三等奖,我的作文也在竞赛中获得一等奖……我开始忽略身体的缺陷。

有什么可怕的呢,我是一个最有福气的人。于是,每一年、每一天我都自信地生活、学习,从小学、中学,直到大学。

大一寒假,妈妈和往年一样包了一个红糖饺子。往碗里盛饺子的时候,妈妈让我去外面叫爸爸吃饭。我出了门,忽然想起有什么事儿忘了,便往回走。走到厨房门口时,我看到妈妈端着一盆饺子,就着灯光仔细寻找,神情慈祥而专注。过了一会儿,她从那堆饺子里夹出一个放到我的碗里,然后,把其余的饺子倒回锅内……

刹那间,我明白了一切。

我知道,自己肯定又是那个最有福气的人,因为我又会吃到一个与众不同、有个小小缺口的红糖饺子。

吃饭的时候,我笑得很灿烂,但在低头的一瞬,泪水滑到了碗里。

红糖饺子,真的很甜很甜……

理解悟语

　　　总有一个人将我们支撑,总有一种爱让我们感动。这个人就是母亲,这种爱就是母爱。母亲是伟大的,沐浴着母爱的人是幸福的。

瓶水之爱

就像这瓶水，我们更多的时候只把它简单地看成了一瓶水，殊不知，在水的晶莹中，蕴含着母亲那颗玲珑剔透的爱心。

一个不常出差的年轻人这次要出差，是去很远的地方，而且途中还要辗转好多个地方。

临行前，母亲在一旁为他整理行囊，不一会儿，便装了鼓鼓囊囊的一大包东西。他一边翻拣着背包一边露出不以为然的笑意，因为里边除了必要的物品之外可带可不带的东西实在是太多。他对母亲说，出远门，不需要拿这么多东西的。于是，他把母亲装进去的东西又一件一件地拿了出来。他怕伤了母亲的心，每拿出一件的时候，都要简单地解释一下。

到后来，他翻出一瓶水，用很大的塑料瓶盛着的一瓶水，他随即把这瓶水也拿了出来，心想带这个实在没必要，火车站、码头，到处有卖水的地方，一两元一瓶的矿泉水，极便宜的。带一瓶水，多重啊。虽然他依旧是笑着解释不带的理由，但看得出来，他心里多少有些责备母亲在帮倒忙了。

在此之前，母亲一直静静地站在一边，任由儿子把她装进去的东西，再一件一件地拿出来。但当儿子拿出这瓶水的时候，母亲似乎并没有听儿子的解释，便抓起那个瓶子，重新塞进背包里。嘴里念叨着，这个你一定得带上，这个你一定得带上。

　　母亲还未放妥当，谁知儿子又一把把水瓶扔出来。水瓶落在床上，发出"咚"的一声闷响。带这个干什么，这么重，谁愿意背！看来他有些不耐烦了。

　　空气似乎凝滞了一会儿。最后还是母亲打破了这片刻的沉闷，她有些蹒跚地走过去，把那瓶水又重新装进了包里。说，还是带上吧，重就重些。这次你去的地方远，妈怕你水土不服，特意为你装了一大瓶家乡的水。

　　母亲接着说，在你很小的时候，第一次带你回东北的老家，你却闹起了肚子，那时候妈妈不懂，害得你闹肚子好长一阵子，人也瘦了许多。后来，听说这叫水土不服。老辈人讲，到了一个生地方后先喝几口家乡水，情况就会好些，妈把这话牢牢地记在了心里。以后再带你回爷爷家，妈在大背包中，总忘不了带上一大瓶家乡的水。别说，这一招还真管用。现在你大了，水土不服的毛病早就没有了。可妈好像改不了"老毛病"，一听说你要出远门，就又为你准备下了这瓶水，心想带上终归没有坏处的。

　　这次儿子没再拒绝，泪眼婆娑地看着母亲为他所做的一切。

　　我们或许并不是每时每刻都能意识到，平淡的生活中其实蕴藏着许多爱的细节。它琐碎、细小，像一丝风，似一缕雾，淡淡的，藏在生活不起眼的某个环节上。或者说，它更像是一滴水，早已默默地渗透在了生活的深处。可惜，活得很粗糙的我们，往往感受不到。就像这瓶水，我们更多的时候只把它简单地看成了一瓶水，殊不知，在水的晶莹中，蕴含着母亲那颗玲珑剔透的爱心。

（马　德）

理解悟语

　　　母爱在那悄悄披紧的被角里，母爱在那密密缝缀的针脚里，母爱在那系紧的鞋带上，母爱在那扣严的衣襟里……母亲的爱就是这样的点点滴滴，纤细微妙地渗入我们的生活和生命，如同空气和阳光给予我们生命所需的给养与温暖。

藏在背后的眼睛

其实这么多年来，一直在背后支持着她的，一直在无形中给她勇气和力量的就是他。一定要等他回来后对他说一声："老爸，我爱你。"

她和他整整相差两轮，都是很暴躁的脾气，一旦倔起来就谁也不让谁。

那时，他是一个中学的老师，她的妈妈还在老家照顾爷爷，她就跟着他生活。每天都是他给她梳头发，两个歪歪的小辫，还戴两朵大大的红花。多年以后，她的童年能回忆起来的就是牵着他的衣角的那个怯怯的小女孩。

她7岁的时候，他是班主任，很忙。刚开学没有时间送她去学校报名，就让她和年纪大的女孩子一起去。她拿起钱就走了。轮到她的时候，老师怎么都不相信她已经有7岁了，"可是我就是已经7岁了啊！"最后她被气哭了。心里对他愤愤不平的，人家的孩子都是父母送来的，凭什么你让我一个人来报名！但是从那时起，在她懵懂的意识里有了自己做事情后获得的成就感。

他以前成绩很好，上清华大学都没有问题，因为文化大革命而错失了上大学的机会。因此她上学后，他对她抱有很大的希望。

上中学的时候，他已经做了学校的校长。而她拥有年级第一的好成绩，加上校长的女儿的身份，自然是引人注目。于是，在神不知鬼不觉的时候,她早恋了。结果她的成绩一点一点地下滑,从年级第一到十七,再到三十五,最后中考的时候上了二类高中。她心里有愧,倔强地不答应他把她安排到一类高中的决定。

但自此以后,她在心底下了决心:一定要考上重点大学给他看看。

填报志愿的时候,他和她的分歧很大。他一直想让她报一个师范类的学校,以后做老师,可她怎么都不想做老师。于是,他们又争吵起来,最后他火了:"我不管你了,你想怎么填就怎么填,以后后悔了别找我。"说完他头也不回地走了,剩下她一个人在校门口站着,看着他的背影,她想,世上怎么会有这样的父亲啊。这一次她没有屈服,按自己的意愿填报了志愿。

大学后,她有了自己的天空。时不时写点儿小东西发表。当她装着无意间向他炫耀的时候,他总是在电话里不屑地说:"你那个刊物是什么级别的?你能在国家级的刊物上发表吗?"她听了后心里不平,原本以为远离他了就能不受他的干涉,可是他还是像个指挥棒一样要求着自己。

找工作的时候,很多同学都是找关系,忙得焦头烂额。他说你自己去找吧,我给你出车费。结果她去了北京、上海、广州等好几座城市。

去上海一家单位应聘的时候,她落选了。在火车站给他打电话,听到了他的声音却一句话都说不出来,只是在陌生的城市里大声地哭了起来。结果他很平静地说了一句话:"没录取没关系,找不到工作也没关系,大不了爸爸养你一辈子。"这是她长这么大第一次听他说这样的话。在那个最无助的时候,让她仿佛在干涸的沙漠里找到了一眼泉水,她从来都没有想过真的要依赖他,但是他的话却给了她莫大的力量。是的,还有他!不管怎么样,他都会一直支持她的。

几经波折,她终于找到了适合自己的工作,虽然早就具备了独立生存的能力,但是遇到什么困难时,还是会给他打电话,说着说着,就会委屈地哭起来。他就会在那边激她:"丢人啊,那么大姑娘了还哭鼻子啊。咱就不信这点儿小困难会难倒英雄汉啊。那就不是咱的妞妞了啊!"她听了后使劲地吸一下鼻子,然后破涕而笑,"哼"一声又有了斗志。

放假了,她给他买了一套保暖内衣,花了三百多块钱。他心疼地说:"花这些钱干吗啊?这不是浪费吗?"他还是爱和她抬杠。她看着他鬓角的白发和不再挺拔的身躯,嘴动了动却什么话都没说出来。

　　那一天,她帮着妈妈收拾房间,在一个陈旧的箱子里翻出了几个厚厚的笔记本,好奇地打开,竟然是他的日记本,里面写的全是与她有关的事。

　　"今天妞妞的作文在市里得了三等奖,几千个人参加比赛,取得这样的成绩还不错。但是这个丫头容易骄傲,所以不能表扬她,要压压她的傲气,才能有更好的成绩。

　　"没想到妞妞竟然早恋了,而我一气之下,竟然打了她一巴掌。太冲动了! 想给她道个歉。虽然她有错,但毕竟还是个孩子,想想也许只有这样对她,她才能真正地明白老爸的心情。

　　"妞妞要找工作了,我已经帮她联系好了一所重点中学。但是不能告诉她,不能让她有依赖心理,再说她的兴趣不在这。我相信她有能力找到自己喜欢的工作的。"

　　在那个阳光灿烂的午后,她的泪水簌簌地淌下来。默默地和他斗了整整 24 年,认为他是个倔强、固执、无情而又不可理喻的糟老头,却不知道他在这样放手的背后,藏着怎样的一双眼睛。怕她摔,怕她疼,却还要硬下心来让她自己去面对。他的无情只是为了让她自己去体会成长的意义,能更从容地面对生活。

　　模糊中,那个牵着他的衣角的小女孩走过来……多少年过去了,她在什么时候开始不再牵他的衣角,不再挽他的胳膊,甚至不曾好好地叫他一声老爸,而其实这么多年来,一直在背后支持着她的,一直在无形中给她勇气和力量的就是他。一定要等他回来后对他说一声:"老爸,我爱你。"他一定会觉得矫情而大笑起来的,但是一定要亲口对他说,一定要。

(王小艾)

理解悟语

　　儿时,我们会因为父亲的严厉而疏远他,会因为父亲的少语而误解他。但慢慢地成长后,你会越来越觉得父爱是一潭深邃的湖水,表面波澜不惊,但却蕴涵着冷静的深沉,我们永远也看不到它的底,所以,父爱是深沉的,永无止境的。

爱与恨的细节

> 父亲的爱,是在你紧张时的故作镇定,是在你危险时的挺身而出;父亲的爱,默默的,却是最有男人气概的爱。

9岁那年。一个冬天。

天上飘着硕大的雪花,地上铺着一层冰和雪水的混合物。我从离家有六七里地的乡村小学放学回家,手上拎着一只火炉,脚上穿着母亲做的千层底棉鞋。不出一里地,棉鞋就湿得没了一根干纱,拖在脚上十分吃力。

半路上,远远望见父亲打着家里唯一的那把大黄伞,提着我那双旧解放鞋,急急地往我这边赶。我心里顿时热乎得像刚刚出笼的小麦粑,心想:父亲怎么一下子变得如此关心我了?我上学的那些年,不管刮多大风下多大雨,也不管天上是掉雪花还是掉刀子,父亲都绝对不会像村里的其他家长一样给他儿子送伞送鞋,除了这次。

我兴冲冲地奔向父亲,一边兴奋地大声喊着:"爸——"可是离父亲越近,我越发现父亲的神色不对劲:他的四方大脸阴沉着,黑漆漆的一对剑眉冷冷地皱成两把弯刀。我不由自主地放慢了脚步。终于,在离他3米远的地方怯怯地站住了。父亲的脸让我心惊肉跳。

父亲一个箭步飞到了我面前，还没等我明白是怎么回事，我的两边脸就各挨了一记响亮的大耳光。紧接着，我和手上的火炉一起滚到了雪地里。父亲一把拉起两耳轰鸣的我，厉声质问道："哪个叫你穿着暖鞋踩雪水的？你看看，你看看，这鞋糟蹋得像个什么样子？"父亲又瞥了一眼地上摔成几瓣的泥制火盆，更是心痛得直咧嘴，他的火气呼呼地蹿得更高了。他在路边随手折了一枝带刺的灌木条，劈头盖脸就往我身上抽。末了，他喘着粗气命令道："把鞋给老子脱了，光脚板滚回去！"见我迟迟不动，他像拎崽猪一样猛地把我拎起来，扒了鞋子，然后夹着暖鞋以及他带来的解放鞋，头也不回地走了。

那三四里地，我是光着脚板走回去的。回到家，双脚冻得失去了知觉。母亲把我的脚按进滚烫的水里时，那个疼，钻心。

13 岁那年。一个夏天。

父亲拉着装满石子的板车往一个建筑工地赶。我在车后面出着蛮力推。父亲的脚一前一后，吃力地迈着"之"字步，尼龙绳子做的板车带子勒进他肩上的肉里。他的身体则与地面呈 30 度角。我也不见得轻松，两只手由于过分用力而青筋暴露，上半身几乎与路面平行。我们脸上的汗大颗大颗地砸在地上。

路过农贸市场那条商业街时，我突然听到从前方一家店铺里，传来悠扬动听的琴声。父亲显然也听见了，他紧赶几步，在传出琴声的那家乐器行前放下了板车。他用脏兮兮的毛巾擦了一把汗，就一屁股坐在街道边的台阶上，仰着脖子古咚咕咚灌水。我站在琴行门口，看见一位美丽的少女，正端坐在店里，有纤纤玉指，弹着一架长条形的塑料琴。那架琴多么漂亮，那琴声多么好听。我幻想着自己要是有这么一架琴该有多好啊！我呆呆地站了十几分钟。其间，因为我们的板车挡住了行人的路，两个花枝招展的城里大小姐，用嫌恶而狠毒的大眼睛瞪了我和父亲几眼。

父亲用眼角的余光观察我。之后，他鼓起勇气拉着我的手进了那家琴行。然而，当我们面对那架像圣物一样的琴，以及中年店老板轻侮的眼光时，我畏缩了，父亲突然也显得有些怯场，他搓着骨节凸现的大手，心虚地问："老……老板，请……请问这叫什么琴？要多少钱？"

店老板白胖的一张脸堆满了不屑,他夸张地长长地"哦(上声)——"了好几秒钟,然后怪声怪气地说:"这叫电子琴,晓得不?要1000块钱一架,你们乡巴佬是买不起的!"我的脸腾地一下子红了,逃也似的跑出了店门。父亲也出了门,他像赌气似的抄起板车绳子就往肩上勒。在正式起步之前,他回了一下头,像是在对我说,又像是在给他自己打气:"松伢,过些日子给你买一架!"

我知道他是在说笑话,或者说是在为他自己刚才的难堪解嘲:1000块钱,天文数字啊!拉板车要拉半年!

可是那年夏天快要结束时,有一天晚上,父亲和母亲郑重地把我叫到了他们面前。父亲像变戏法似的,从灶台下面的猫洞里,掏出了一大沓钱。我正纳闷,父亲却笑眯眯地说:"松伢,明朝我带你到城里买电子琴!"母亲则说:"伢啊,琴买回家了要好好练……"

第二天,父亲真的带我到城里的百货大楼,选了一架1200块钱的电子琴,是大楼里最贵的一架。他还买了两本学琴的书,叫《电子琴入门》和《初识五线谱》。

我扬扬得意地把那架琴背回家,来看稀奇的乡亲们差点儿挤破了我家的门。而我在那架琴上,完成了对音乐的自我启蒙。

15岁那年。一个春天。

我出生时,母亲就找算命先生算过,说我从出生一直到18岁都犯"深水关",要是到池塘或者河潭子里游泳,就会有水鬼来收我。我怕鬼,所以虽然很想学游泳,却从来没敢下水试过。

可是那天,我被邻居告密,说我放学后在邻村的池塘里游泳。

回到家,父亲已经像一尊黑煞一样堵住了大门,手中提着一根很粗的棍子。我一见那阵势,当场就吓得尿湿了裤子。

父亲指着他脚下事先准备好的那一堆刺猬一样的板栗壳,骂道:"你这个侉腿!给老子跪下!"在我犹疑不定的当儿,父亲手中的棍子已经毫不留情地打在我的腿弯上,我控制不住地直直跪了下去,板栗壳那尖尖细细的密刺,立即深深地扎进我的膝盖和小腿,鲜血一下子染红了地面。

"讲!哪个叫你游泳的?"

"爸——，呜——，我没游泳……"天地良心，同学游泳时，我只是在池塘边上坐了一会儿。

"还敢跟老子犟嘴！"父亲手中的棍子像冰雹一样落在我头上、身上、手上、脚上。

"我真的没游泳……"

"你还犟嘴，下屋的二娘亲眼望见的！"父亲一边打，一边举证。

我一听，只觉脑袋里的血直往上冲。我猛地爬起来，往下屋跑，一边跑一边骂："二娘你为什么冤枉我？"我想找那个多嘴的女人对质。

可是父亲的棍子跑得比我还快，他一个秋风扫落叶，我就趴在了地上，晕了过去。

16 岁那年。一个秋天。

我接到了一个陌生的城市一所建筑工程学校的录取通知书。一日之间，我家的门楼子突然高了八尺，我也一下子成了村里的红人。父亲和母亲欢天喜地地办了十来桌酒席，村里来恭贺的男女老少坐了一院子。乡亲们指着我，对自己的孩子说："要向你松哥学，知道不？"

第二天一大早，父亲和我抬着一只老土的大木头箱子，搭 5 点的早班车，去数百里之外的学校报到。

当夜，在陌生的校园里，我和父亲睡在学校分给我的那张位于上铺的单人床上。因为长途颠簸和晕车，我一会儿就睡着了。半夜里，我突然醒来，发现睡在另一头的父亲，正紧紧地抱着我的双脚，他的身子在一抖一抖地动，而我的脚被什么东西弄得湿漉漉的。

凌晨 4 点左右，父亲把我叫了起来。他带着我来到学校的大操场上。路灯下，我看见父亲的脸上全是泪水。父亲哽咽着，又无比郑重地对我说："松伢，我要回去了。回家跟你妈想办法搞钱……爸妈没有用，但你要争气……你一个人在外地读书，不像在家里有父母照看，冷要记得加衣，热要记得脱衣，不要洗凉水澡……要和同学处好关系，莫与人争短长……要好好念书……"

好长的一段话，听得我直打哈欠。见我很不耐烦，父亲摇着头，恨铁不成钢地说："你这伢……"然后他说："你上楼睡觉吧，我走了。"

在三楼的楼梯口，从窗隙里，我望见父亲仍站在楼下，他在不停地用手往脸上抹。几分钟过后,他瘦削的背影渐渐消失在灯光深处,消失在那个繁华得叫人眩晕的城市里。

那三年,我省吃俭用,仍然花了家里5000块钱。那些钱,直到我参加工作两年后才还清。但那三年里,我的口袋里从来没断过钱。

(储劲松)

理解悟语

　　父亲的爱,是在你着急时为你东奔西走却什么也不告诉你;父亲的爱,是在你撒娇时大声地笑,犯错误时大声地责骂;父亲的爱,是在你紧张时的故作镇定,是在你危险时的挺身而出。父亲的爱,默默的,却是最有男人气概的爱。

母亲的声音

　　她的手抚过母亲苍白的脸庞,泪水滴落在母亲脸上。她多么想再听听母亲的声音啊,哪怕是那种尖厉粗俗的叫骂声。

　　父亲去世那年,她10岁,弟弟8岁。生活就像一幅缓缓展开的画卷,刚刚露出幸福的颜色,便被突然袭来的暴雨打湿,一切快乐和安宁,都被浸染得一塌糊涂。

　　温柔贤良的母亲,从此变成了另外一个人,狂躁,暴戾。她不小心打碎一只碗,也会被母亲声嘶力竭地训上半个小时。就是从那时候开始讨厌母亲的声音的吧，那种尖细而干裂的声音，粗暴地打磨着她的耳朵，一点点地浸透到她的生命里去。她想不明白，母亲原来甜润柔美的声音，为什么一下子全变了味儿了呢？

其实那时候，母亲也才三十多岁，成熟饱满如一枚盛夏的果实。许多人来提亲，都被母亲泼妇一样给骂跑了。母亲像一只全副武装的刺猬，逮着谁刺谁，甚至包括她和弟弟。

母亲在菜市场管理处申请到一个摊位，每天早上4点钟起床，蹬着三轮车，从城北的家到城南的蔬菜批发市场，再到城北的菜市场。这样的路程，等于把整个城市绕了一圈。风里雨里，饱满成熟如一枚盛夏果实的母亲，很快便风干成了一枚瘦小干瘪的干果。

16岁，她长成一个沉默而内敛的姑娘，读高一，成绩优秀。每天中午，她从学校跑回来，飞快地做好饭，提着饭盒，骑自行车穿过五条马路，去给母亲送饭。常常，在人声嘈杂的菜市场，母亲一边飞快地往嘴里扒饭，一边用粗大的嗓门儿和买主讲价钱。有一次她去的时候，母亲正和人吵架，母亲尖厉的声音灌满了她的双耳。对方是个骄横的女人，她吵不过母亲，便叫来了丈夫，那男人蹦跳着要去打母亲。阳光下，母亲飞舞的唾沫星和着眼泪，一点一点，濡湿了她的青春。

22岁，她大学毕业，没有继续考研，因为弟弟也在读大学，而母亲，身体已经一天不如一天。第一个月的工资交到母亲手上，厚厚的一沓，在母亲干裂粗糙的手中抖动，如一群飞舞的蝶。她静静地望着母亲，用低低的声音说："以后，不要去卖菜了。"

母亲笑了，声音不再尖锐，而是沙哑和厚重，满是艰辛和沧桑的味道。第二天早上，仍然是在菜市场，隔得老远，她就听见母亲响亮的声音："我女儿大学毕业了，在一家外国人开的公司里上班……"她从母亲的声音里，听出了扬眉吐气。

28岁，她有了自己的女儿。月子里，孩子整夜整夜地哭，母亲便也整夜不睡，抱着孩子，悠着哄着。有一天晚上她从梦里醒来，忽然听到母亲在唱歌。她没敢睁眼，静静地听，是摇篮曲，竟然是那般甜美柔和的声音。她呆呆地听着，18年的时光，仿佛一下子倒流过来。她用被子蒙住脸，泪水却如潮水一样涌了出来——她终于找回了母亲的声音，找回了从前的母亲。

可是幸福，从来都是那么短暂。

早上7点钟，母亲做好饭，喊她起床。8点钟，她上班，母亲推着孩子出去玩。10点钟，她赶到医院时，母亲躺在重症监护室，已经不能够再说话。

是高血压引起的中风，偏瘫、失语。母亲一直昏迷着，她的手抚过母亲苍白的脸庞，泪水滴落在母亲脸上。她多么想再听听母亲的声音啊，哪怕是那种尖厉粗俗的叫骂声。却再也听不到。

第二天中午，母亲在昏迷中悄悄去了。

一个月后，她收拾母亲的遗物，在一个小箱子里，放着两双线拖鞋。鞋面是淡黄色柔软的毛线，鞋底是母亲自己纳出来的千层底。这种线拖鞋母亲以前给她做过好多，脚穿进去很舒服，唯一的不足是走路的时候脚步声很响，所以每双她都是只穿几天，便丢弃一旁。

现在，她把鞋穿在脚上，从阳台走到厨房，从卧室走到客厅，"嗒嗒嗒"，脚步声仍然很响。她在响亮的声音里悄然落泪，她知道了，那是母亲留给她的最后的声音。

（卫宣利）

如果说子女的生活是一幅画，那么母爱便是画中彩色的背景；如果说子女的生活是一潭水，那么母爱便是源源不断流注潭中的清泉。母亲也许没有为你留下丰盈的物质条件，也许没有能力帮你铺平一生的路，但是母爱却一刻不曾离开你，她就汇聚在你生活的点点滴滴里。

女儿的跪求

韩瑜跪在地上"要挟"父亲：如果不接受她的肾移植，她就辞去工作，日日夜夜跪在父亲病床前，直到父亲离去。

现在的韩远德，看上去很健康、很开心。提到女儿为自己捐肾的事情，48 岁的韩远德满眼泪水⋯⋯

1997 年初，韩远德开始无缘无故地感到疲惫，腿脚也有些浮肿。经检查是慢性肾炎晚期，极有可能转化为尿毒症。为了不影响 3 个儿女读书，韩远德和爱人将病情的严重性隐瞒了下来。从此，中药、西药伴随着韩远德度过着每一天。

孩子们看到父亲每天大把地吃药不禁产生了疑问，每次韩远德都骗孩子说只是身体有些不舒服。看着父亲每天坚持上班，每天满脸笑容，孩子们没有往别的方面想。

1999 年 4 月的时候，韩远德的病情已经非常严重了，每周都要靠透析维持。而单位也面临困境，工资发放都很困难，更无力给他报销医药费。

就在这一年，女儿韩瑜考上了钦州民族师范学院，3 年的学费要一万多。韩远德决定放弃治疗让女儿上学。为了让父亲继续治疗，两个儿子决定一起打工来支付父亲的医药费。

4 年后，韩瑜师范毕业，在当地的一所小学当教师。此时，韩远德的病情已经进一步恶化，每周要做两次透析。三兄妹的收入已经不够支付父亲的治疗费。唯一的希望是换肾,但巨额的费用家里又无法承担。一天,哥哥韩伟在电视上看到,如果亲体捐肾的话,就可以节省很大一部分费用,而且成功率很高。他打电话叫回了在广东打工的弟弟韩果,但三兄妹在商议之时产生了矛盾。

11月,韩伟和韩果趁妹妹上班的时候,哥俩骗父亲说桂林一家医院的一种偏方很有效,将父亲偷偷带到桂林解放军181医院做检查,岂料这次检查让哥俩大失所望:韩伟的左肾偏小,韩果携带有乙肝病毒,他俩的肾都不能移植。

但知道了实情的父亲却松了一口气,他为儿子们的孝顺感到高兴,但他也不愿为了自己而伤害孩子的身体。回家后他们将检查的事情对妹妹隐瞒了。但谁也没有想到的是,妹妹韩瑜也悄悄到钦州市第一人民医院做了检查,结果是:双肾非常健康,并且配型也和父亲非常吻合。但韩远德拒绝了女儿的孝心。

为了让父亲接受换肾,兄妹三个在父亲病床前求了一个多月,但父亲始终不肯答应,最后韩瑜跪在地上"要挟"父亲:如果不接受她的肾移植,她就辞去工作,日日夜夜跪在父亲病床前,直到父亲离去。

几个小时的跪地"自罚"终于打动了父亲的心。韩远德含泪默认了。2003年1月24日,父女俩成功地进行了移植手术。在知道他们的感人故事后,一家药厂联系到了韩远德,优惠为他提供所需药物,广州的一家高尔夫俱乐部也为韩伟安排了工作,母亲也在广州做起了保姆。

理解悟语

　　感激是源于感恩的心,源于爱与被爱。感激在许多时候是一份真爱的回报。虽然父母从未要求过我们要有什么样的回报,但那却是为人子女者必须具备的情怀。